Harlequin

ÉDITION SPÉCIALE

Quand un auteur sait créer
un univers aussi bouleversant...
Quand il sait créer des
personnages aussi envoûtants...
il mérite
toute votre attention.

C'est pourquoi Harlequin
vous offre dès aujourd'hui
de partager et savourer
la nouvelle série Harlequin
ÉDITION SPÉCIALE...
les meilleures histoires d'amour...

Des millions de lectrices ont
déjà accueilli avec enthousiasme
ces histoires passionnantes.
Venez découvrir avec elles
la série
ÉDITION SPÉCIALE.

TRACY SINCLAIR

La magie
entre nous

HARLEQUIN

Cet ouvrage a été publié en langue anglaise
sous le titre :

INTRIGUE IN VENICE

Publié originellement par
Silhouette Books, New York

© 1985, Tracy Sinclair
© 1986, traduction française : Edimail S.A.
53, avenue Victor-Hugo, Paris XVIe - Tél. 45.00.65.00.
ISBN 2-280-09089-9

Chapitre 1

Quand l'avion amorça sa descente sur les canaux de Venise, Marine Gayle se pencha par-dessus l'enfant endormie à côté d'elle pour mieux voir le paysage extraordinaire qui s'offrait à ses yeux. Depuis les petites lumières scintillant sur l'eau jusqu'aux dômes et aux flèches ouvragées dardées vers les étoiles, tout était merveilleux. Marine se demandait encore si elle n'allait pas se réveiller d'un trop beau rêve.

Dès le début, ce voyage avait eu des allures de miracle. Tout avait commencé quand la compagnie d'assurances où elle travaillait avait décidé de quitter le centre de Los Angeles pour installer ses bureaux dans une lointaine banlieue. Peu alléchée par la perspective de longs trajets quotidiens, Marine avait jugé le moment venu de changer d'emploi. C'est en parcourant la colonne des offres d'emploi qu'elle avait déniché cette petite annonce.

Au premier abord, la jeune fille s'était méfiée :

qui offrirait mille dollars plus un aller et retour en première classe pour Venise à seule fin d'accompagner une petite fille ? Cette proposition ne pouvait pas être sérieuse. Par curiosité, par ennui, par jeu, elle avait répondu. A son grand soulagement, c'est un cabinet d'avocats prestigieux qui l'avait convoquée.

L'affaire n'avait en fait rien de bien mystérieux : les parents de l'enfant, une Américaine et un noble italien étaient divorcés. La petite Theresa venait de perdre sa mère dans un tragique accident de voiture, et son père voulait la prendre chez lui.

Une lueur attendrie traversa les yeux bleus de Marine quand elle contempla la fillette endormie. Theresa, Terry comme on l'appelait, avait été adorable d'un bout à l'autre du voyage. Presque trop sage, elle s'accrochait à la jeune fille avec un désespoir silencieux. C'était compréhensible, bien sûr. Non seulement la pauvre petite avait vu sa maman disparaître, mais elle partait vivre dans un pays étranger, auprès d'un père qu'elle connaissait à peine.

Et quel père ! s'indigna Marine, pinçant les lèvres. S'il se souciait le moins du monde de son enfant, pourquoi n'était-il pas allé la voir plus souvent ? Il en avait les moyens, pourtant ! Mais non. A ce qu'elle savait, il s'était contenté d'envoyer un gros chèque tous les mois.

Marine était de tout cœur avec la tante maternelle de Terry, Brenda Porter. Celle-ci avait proposé de s'occuper de la petite fille, mais cette solution ne convenait pas au seigneurial comte Cesare Branzini. Il voulait sa fille, même s'il s'en désintéressait.

S'inclinant sur l'enfant, Marine écarta doucement une mèche brune de sa joue pâle.

— Nous arrivons, mon poussin. Veux-tu regarder par le hublot ? C'est très joli, dehors.

Terry se redressa docilement et observa le paysage sans enthousiasme.

— Viendra-t-il nous chercher ?

Elle faisait allusion à son père.

— Oui, nous trouverons ton papa ou quelqu'un d'autre à l'arrivée.

Le comte prendrait-il la peine de se déplacer lui-même, rien ne le prouvait. Mais il enverrait sûrement quelqu'un.

Terry glissa sa menotte dans la main de Marine.

— Tu ne me laisseras pas avec lui, n'est-ce pas ?

C'était ce que Marine redoutait depuis le début. Terry était si vulnérable ! Son cœur saignait à l'idée de l'abandonner. Mais que pouvait-elle faire ?

Arborant son plus beau sourire, elle dit :

— Je vais descendre dans un hôtel tout près du palais de ton papa. N'est-ce pas merveilleux de penser que tu vas vivre dans un palais ? Et tu auras un bateau pour te promener, et beaucoup de choses encore.

De grosses larmes étaient montées aux yeux de la fillette pendant ce discours.

— Je ne veux pas y aller. Je veux rester avec toi !

Elles avaient passé quinze jours ensemble pour les préparatifs du voyage, et une profonde affection était née entre elles. Marine serra sa petite compagne dans ses bras.

— Tout ira bien ma chérie, tu verras.

L'avion était plein, le débarquement puis les formalités de douane furent longues. Enfin, les voyageuses sortirent de l'aéroport et se retrouvèrent sur le quai d'un canal. Quelques gondoliers saluèrent Marine de sifflements admiratifs ; elle n'y prit pas garde, trop occupée à chercher des yeux autour d'elle.

— Voulez-vous aller dans un hôtel, signorina ? l'interpella un des bateliers.

— Non, je... je pense qu'on va venir nous chercher.

Le comte ne s'attendait tout de même pas à ce qu'elle se rende chez lui par ses propres moyens ? Ce serait un comble !

— Tout le monde est parti, objecta l'Italien en désignant le quai vide. Eh bien ? Venez-vous ?

Il n'y avait pas d'autre solution. Par chance, elle avait réservé une chambre d'hôtel dans l'intention de passer quelques jours de vacances en Italie. Autant y aller avec Terry, elle appellerait le comte de là-bas.

Marine réussit à dissimuler sa colère pour ne

pas affecter la petite fille, mais elle ne put prendre aucun plaisir au trajet sur les canaux miroitants.

L'arrivée à l'hôtel l'arracha un moment à ses préoccupations. La barque accosta à un ponton flanqué de piliers rayés rouge et blanc. De là, on atteignait l'entrée de marbre d'un bâtiment vieux de plusieurs centaines d'années. Le hall au tapis rouge était meublé de chaises dorées et de sofas profonds en velours pourpre. Deux employés en uniforme somptueux vinrent prendre les bagages et escorter les voyageuses à la réception. Marine avait peine à contenir son exaltation. Ce déploiement de luxe, ce raffinement ! C'était plus beau encore qu'elle ne se l'était imaginé.

Terry la tira par la main.

— J'ai faim, gémit-elle plaintivement.

— Encore un peu de patience, mon poussin. Je vais téléphoner à ton papa... Puis-je appeler d'ici ? demanda-t-elle au réceptionniste.

Celui-ci acquiesça aimablement et lui approcha l'appareil. Marine le remercia tout en cherchant les coordonnées du comte dans son sac.

Elle laissa sonner cinq fois. Six fois. Sept fois. Son irritation croissait rapidement. Nerveusement, elle tapota le comptoir en regardant autour d'elle. Un grand homme blond, qui la dévisageait avec curiosité, se détourna promptement. Le père de Terry n'était-il pas chez lui ? Ce serait trop fort ! Elle ne demandait pas mieux que de garder l'enfant, mais l'indifférence de Cesare Branzini était scandaleuse... sans parler de son arrogance. Laisser aux autres le soin de s'occuper de Terry jusqu'à ce qu'il trouve un moment pour le faire !

Juste comme elle allait exploser, on décrocha à l'autre bout du fil.

— *Residenza di Branzini,* annonça une voix d'homme.

On entendait derrière lui un brouhaha de rires et de musique. Voilà pourquoi il n'avait pas eu le temps de venir chercher sa fille ! Le comte donnait une réception !

— Je voudrais parler à Cesare Branzini, articula Marine de sa voix la plus glaciale.

— *Chi è ?*

— Je veux parler au comte !

Cette demande fut accueillie par un discours interminable en italien. Terry observait Marine d'un air anxieux, son interlocuteur ne faisait pas mine de s'arrêter... pour la première fois de sa vie, la jeune fille se sentit vraiment perdue.

— Puis-je vous aider, signorina ?

Le réceptionniste lui fit l'effet d'une bouée de sauvetage.

— Vous voulez bien ? Oh, merci ! J'essaie de joindre le comte Cesare Branzini. Je suis Marine Gayle, et je lui ai amené sa fille.

Après une brève conversation, l'employé se tourna vers elle.

— L'homme qui vous a parlé est un serviteur.

Il dit qu'il ne peut pas déranger le comte tout de suite parce qu'il est en train de porter un toast. Il vous demande de rappeler plus tard.

En vingt-cinq ans d'existence, Marine n'avait jamais été aussi furieuse. Au prix d'un suprême effort, elle se domina.

— Pourriez-vous lui donner mon nom et mon numéro de téléphone, je vous prie ? Dites au comte qu'il n'aura qu'a me joindre quand il aura une minute. Et j'espere qu'il s'étranglera avec son champagne ! ajouta-t-elle entre ses dents.

Inévitablement, Terry perçut sa tension et se mit a pleurer.

— Je veux rentrer a la maison ! Je n'aime pas cet endroit !

S'agenouillant, Marine prit la pauvre petite dans ses bras.

— Que dis-tu là ? Nous n'avons même pas encore vu notre chambre '

Les larmes cesserent aussitôt.

— Alors je peux rester avec toi ?

— Parfaitement ' Et même, nous allons dîner dans notre chambre, en chemise de nuit ! Ce sera comme un pique-nique

Pourvu qu'il ne soit pas trop tard pour se faire monter un repas des cuisines !... Une nouvelle vague de colere submergea la jeune fille. Le comte se moquait bien que sa fille soit fatiguee et qu'elle ait faim ! Il etait trop occupé a boire et a s'amuser !

L'homme contre lequel elle rageait ainsi buvait bel et bien du champagne, mais il n'avait pas l'air de s'amuser. Ses sourcils sombres formaient une ligne continue au-dessus de ses yeux noirs. Avec son nez droit et ses pommettes hautes, il ressemblait bien au personnage seigneurial que Marine imaginait. Il avait un visage grave, presque sévère, adouci seulement par une bouche sensuelle, et parfois par un sourire auquel nul ne résistait.

Federico Branzini posa la main sur l'épaule de son frère aîné.

— Cesare, tu es l'hôte, et tu fais grise mine. Comment veux-tu que tes invités s'amusent ?

— Tu as raison, Federico, soupira le comte. J'étais plongé dans mes pensées.

— Tu n'es tout de même pas inquiet à l'idée de rencontrer ta propre fille ?

— Bien sûr que si, répliqua Cesare en passant la main dans ses cheveux noirs. Elle me connaît à peine !

— Ce n'est pas de ta faute.

— Là n'est pas la question. Je me demande ce que seront ses sentiments pour moi, et comment elle s'adaptera à notre mode de vie... Je ne sais rien d'elle, ajouta-t-il avec désarroi. Te rends-tu compte que je ne l'ai pas vue depuis plus d'un an ?

— Et à cause de qui ? Combien de fois as-tu supplié Evelyn de te laisser voir Theresa ? Combien de fois lui as-tu demandé de te l'amener en visite ?

— Tout cela est du passé, soupira Cesare. Pauvre Evelyn. Je lui souhaite de trouver la paix dans l'autre monde. Dieu sait qu'elle était malheureuse dans celui-ci.

— Tu n'as rien à te reprocher, protesta Federico.

— Cesare ! Federico !

Une vieille dame à l'allure impérieuse appelait les deux frères depuis le fauteuil où elle était assise. Elle était vêtue de velours ; des diamants ornaient son cou et ses doigts. Plusieurs personnes l'entouraient.

— ... Venez donc vous occuper de vos invités ! Ce n'est pas le moment de parler affaires !

Le cadet eut un rire amusé.

— Tante Regina entend monopoliser l'attention toute la soirée, puisque c'est son anniversaire.

— Je sais, soupira Cesare. Mais pourquoi fallait-il que ce soit justement ce soir ?

— Parce qu'elle l'a toujours fêté le douze, parce qu'elle exige qu'il donne lieu à une réception, et parce que en ta qualité de chef de famille, tu te devais de donner la fête ici... D'ailleurs, cela t'empêche de trop penser à l'arrivée de Theresa demain.

— Tu as sans doute raison, convint le comte en se dirigeant vers la reine du jour.

Marine et Terry se réveillèrent très tôt le

lendemain matin, à cause du décalage horaire. Marine ne songea pas à s'en plaindre : pourquoi perdre son temps à dormir ? Elle entendait bien profiter de chaque minute de son séjour !

Terry avait ouvert les tentures. Penchée par la fenêtre, elle observait le paysage avec des exclamations ravies.

— Marine ! Viens voir ces drôles de bateaux ! Ils sont pointus aux deux bouts !

La jeune fille se réjouissait de la voir si détendue. Elle avait oublié toutes ses craintes de la veille... Pauvre enfant ! Elle ne se doutait pas qu'elle avait seulement obtenu un délai !

Au souvenir du comte, Marine se rembrunit. La fête avait dû se prolonger tard dans la nuit : il n'avait pas téléphoné.

— Dépêche-toi ! Il s'en va !

Amusée, elle rejoignit l'enfant à son poste.

— C'est une gondole, mon poussin. Les Vénitiens s'en servent pour se déplacer, au lieu de rouler en voiture.

— Oh ! Pourrons-nous faire un tour dedans ?

— Bien sûr !

Sans perdre de temps, elles se douchèrent et s'habillèrent. Marine opta pour une jupe bleue toute simple avec un chemisier blanc et un gilet bleu.

— Moi aussi j'ai un gilet bleu ! s'exclama Terry en fouillant dans ses bagages pour le trouver.

Marine sentit sa gorge se serrer devant cette preuve d'attachement manifeste.

— Ainsi nous serons comme des sœurs, commenta-t-elle de sa voix la plus neutre.

— J'aimerais que tu sois ma maman, répondit Terry, une soudaine tristesse dans le regard.

L'immense place Saint-Marc était relativement déserte à cette heure matinale. Terry battit des mains en découvrant les innombrables pigeons ; elle les poursuivit un moment avec toutes l'énergie de ses quatre ans.

— Allons-nous sur les bateaux maintenant ? demanda-t-elle en revenant enfin auprès de Marine.

— Après le petit déjeuner, promit celle-ci.

Elles s'installèrent à la terrasse d'un café. Pendant que Marine s'efforçait de traduire approximativement la carte, un homme d'une trentaine d'années s'approcha de leur table. Grand, blond, il arborait un sourire engageant.

— Excusez-moi, vous êtes Américaines, n'est-ce pas ? Sauriez-vous par hasard quel bateau il faut prendre pour se rendre à Murano ?

— Je suis désolée, mais nous venons d'arriver, répondit Marine en se demandant où elle l'avait vu auparavant.

— Je suis ici depuis une semaine et je me sens encore dépaysé ! raconta l'inconnu avec un soupir comique.

— Je me souviens à présent ! N'étiez-vous pas à l'hôtel Danieli hier soir ?

L'homme fronça imperceptiblement les sourcils, puis une expression de surprise ravie se peignit sur ses traits.

— Mais bien sûr ! C'est vous qui aviez des difficultés avec une conversation téléphonique ! Avez-vous réussi à joindre vos correspondants ?

— Pas encore. Etes-vous descendu au Danieli ? s'enquit Marine, désireuse de changer de sujet.

— Non, je suis à l'Excelsior, sur l'île du Lido... A propos, je me nomme Ron Schiller.

La jeune fille serra la main qu'il lui tendait et se présenta à contrecœur.

— Quelle joie de rencontrer une compatriote ! reprit l'Américain. Nous pourrions peut-être visiter la ville ensemble ?

— Si nous nous rencontrons à nouveau, acquiesça Marine avec réserve.

Le fait qu'il soit du même pays ne le rendait pas moins étranger.

— ... Pour l'instant, j'ai à m'occuper d'une petite fille affamée.

— Je comprends. Mais on ne sait jamais, nos chemins risquent de se croiser à nouveau.

Marine l'oublia sitôt qu'il se fut éloigné. La place se remplissait peu à peu de promeneurs. Des gens de toutes nationalités s'installaient à la terrasse, leurs conversations en différentes langues s'entrecroisaient.

— N'est-ce pas merveilleux ? s'écria Marine, ravie du spectacle.

— Tu aimes Venise ? lui demanda Terry d'une toute petite voix.

— Oh oui ! Enormément !

— Voudrais-tu venir ici pour habiter avec moi ?

— Oh... Euh... Ce n'est pas si facile, tu sais.

— Pourquoi ?

— Eh bien d'abord, je dois gagner ma vie. Je ne pourrais sans doute pas trouver de travail ici.

— Mon papa te donnerait de l'argent, il est très riche, suggéra la petite fille sans ciller.

— C'est très bien, mais il ne me connaît même pas. Je ne l'ai jamais rencontré, bredouilla Marine, en se demandant désespérément comment expliquer ces choses à une si petite fille.

— Je lui dirais que tu es mon amie.

En changeant de sujet, peut-être ?

— Ton papa va être surpris de retrouver une si qrande fille ! Depuis combien de temps ne l'as-tu pas vu ?

— Longtemps, dit Terry.

Son petit visage s'était fermé, elle fixait un pigeon. Marine regretta sa question.

— Veux-tu une autre tartine ? Cette confiture est délicieuse !

— Il faisait pleurer ma maman.

La jeune fille s'éclaircit la gorge et choisit soigneusement ses mots.

— Je suis sûre qu'il n'en avait pas l'intention. Parfois il y a des désaccords entre un mari et une femme, mais ce n'est pas grave...

— Il disait qu'il allait m'enlever à elle.

Horrifiée, Marine ne répondit pas tout de suite.

Cet homme devait être un monstre! Elle n'était pas étonnée que la petite ait si peur de lui! Si seulement elle pouvait l'arracher de ses griffes! Hélas, elle était impuissante.

— Il doit t'aimer beaucoup pour t'avoir fait venir de si loin, lança-t-elle avec une gaieté forcée, le cœur soulevé de dégoût... Si tu n'as plus faim, nous pouvons partir pour notre promenade en gondole.

L'enfant oublia aussitôt ses craintes.

— Je suis prête! affirma-t-elle en se levant d'un bond.

— Nous ferions bien de repasser par l'hôtel prendre un parapluie.

Terry débordait d'animation quand elles entrèrent dans le vestibule. Ni Marine ni elle ne s'attendaient à ce qui allait suivre.

— Je suis bien content de vous voir, Miss Gayle!

Le sous-directeur, se détachant d'un groupe d'hommes, se ruait vers elles.

— ... J'avais bien dit au comte que vous reviendriez!

— Comment? Il est enfin sorti du lit? s'étonna Marine, sarcastique.

— Il s'inquiétait beaucoup pour sa fille.

— C'est un peu tard, vous ne trouvez pas?

Un homme de haute stature se dirigeait vers eux, le visage furibond.

— Si vous aviez tardé cinq minutes de plus,

j'appelais la police !... Du reste j'ai bien envie de vous faire arrêter.

Marine devina immédiatement que c'était le comte Branzini. Elle ne fut intimidée ni par sa taille, ni par son courroux, ni par ses menaces.

— Me faire arrêter ? Si nous étions en Californie, c'est moi qui vous ferais arrêter pour abandon d'enfant ! lança-t-elle. Je vous ai appelé hier soir pour vous dire où était votre fille, mais vous vous amusiez trop pour vous en soucier !

— On ne m'a transmis votre message que ce matin, dit le comte, le visage dur. Le serviteur responsable de cette négligence a été licencié sur-le-champ.

— Cela a-t-il soulagé votre conscience ? riposta Marine. Pourquoi n'avez-vous pas envoyé quelqu'un à l'aéroport en premier lieu ?

Le jeune homme se passa la main dans les cheveux, détruisant l'ordre parfait de ses mèches sombres... Excepté ce détail, tout en lui était parfait, reconnut Marine à contrecœur. Du moins sur le plan physique. Il avait la beauté altière d'une statue antique. Seulement, la nature ne l'avait pas doté d'un cœur.

— Votre avion ne devait arriver qu'aujourd'hui, affirma-t-il. Je n'ai été informé d'aucun changement.

— Il n'y en a pas eu. Il a toujours été prévu que nous arrivions le mardi douze.

— Le mercredi treize ! la contredit-il en serrant les dents. Ne pensez-vous pas que je serais venu moi-même à l'aéroport si j'avais connu la date exacte ?

— Je n'en suis pas si sûre. Vous êtes si occupé à m'abreuver de reproches que vous n'avez même pas songé à saluer votre fille.

La consternation se peignit sur le visage du comte.

— Vous avez raison, souffla-t-il.

Et, s'accroupissant, il ouvrit grand les bras.

— Theresa, mon enfant chérie, laisse-moi te regarder.

La fillette se réfugia aussitôt dans les jupes de Marine, s'accrochant à elle sans dire un mot. Cette dernière eut honte : son altercation avec Cesare Branzini avait dû l'effrayer.

— Ton papa s'est inquiété en ne te voyant pas, expliqua-t-elle d'une voix rassurante. Parfois, quand les adultes ont peur, on a l'impression qu'ils sont en colère, mais ce n'est pas vrai. Allons, sois gentille, embrasse-le.

— Non ! dit Terry en se cachant le visage.

Le regard dur, son père se releva.

— Vous avez bien réussi à la monter contre moi, commenta-t-il. Combien ma belle-sœur vous a-t-elle promis pour cela ?

— Je ne sais pas de quoi vous parlez.

— Ne faites pas l'innocente, Miss Gayle. Je vois clair dans votre petit jeu à toutes deux, mais vous n'obtiendrez pas un centime de moi.

— Je suis navrée de vous décevoir, mais j'ai

déjà été payée! annonça triomphalement
Marine.

— Vraiment? Vous vous contentez de bien
peu : ma belle-sœur n'a d'autre argent que celui
qu'elle espère me soutirer.

— Que vient-elle faire là-dedans? J'ai été
rémunérée par vos avocats; ils m'ont donné mille
dollars pour amener Terry ici, ce que j'ai fait.

— Il ne s'agit pas de cela. Quoi qu'il en soit,
sachez que je ne cèderai pas à votre chantage.

La patience de Marine était à bout. En sentant
Terry à ses côtés, elle ne se contint plus.

— Au lieu de tonner et de tempêter, ne trouve-
riez-vous pas plus intelligent de chercher à éta-
blir un contact avec Terry?

— C'est exactement ce que j'ai l'intention de
faire dès que je l'aurai soustraite à votre
influence.

Sitôt qu'il posa la main sur l'épaule de l'enfant,
elle se mit à hurler en s'agrippant désespérément
à Marine.

— Non! Non! Je ne veux pas aller avec lui! Ne
le laisse pas m'emmener!

Marine enlaça la petite fille terrorisée.

— Je sais que ça fait peur d'aller dans une
nouvelle maison, mais tu t'y plairas beaucoup, tu
verras. Tu auras une grande belle chambre pour
toi, et un de ces bateaux pointus...

— Je n'y resterai pas! affirma Terry en pleurant à chaudes larmes. Je me sauverais et je
reviendrai ici!

— Tout cela ne nous mène à rien, maugréa le comte en serrant les poings. Nous ne pouvons pas rester ici, nous attirons déjà l'attention.

C'était vrai. Marine lança la première suggestion qui lui traversa l'esprit.

— Si nous allions à une terrasse manger une glace ?

— Je ne veux pas de glace, hoqueta la petite fille d'une voix étouffée.

— Boire un capuccino, alors ? Ce café avec beaucoup de crème.

S'ils passaient un moment ensemble tous les trois, elle réussirait peut-être à la calmer.

— Je n'ai pas le droit de boire du café.

C'était une réponse si normale au milieu de tous ces bouleversements que Marine ne put retenir un sourire. A sa grande surprise, elle vit une lueur amusée pétiller dans les yeux du comte aussi.

— Ton papa te le permettra sûrement pour une fois, affirma-t-elle.

Terry leva vers elle un petit visage baigné de larmes.

— Tu viendras aussi ?

— Bien sûr ! C'était mon idée !

Ils sortirent de l'hôtel sans plus tarder.

— Si vous voulez gagner sa confiance, je vous conseille de cesser de vous conduire comme un Borgia, murmura Marine a l'adresse du comte.

Celui-ci eut une moue ironique.

— Et vous, vous devriez mieux vous informer,

rétorqua-t-il. Les Borgia n'étaient pas uniquement des assassins, c'étaient aussi de grands amateurs d'art et des mécènes généreux.

— Voilà qui consolait certainement leurs victimes.

Pour la première fois, il la regarda vraiment, détaillant chacun de ses traits délicats.

— Vous a-t-on déjà dit que vous êtes une jeune personne excessive ? s'enquit-il.

— Non, je m'entends très bien avec la majorité des gens.

L'allusion n'échappa pas au comte.

— Je vous dois sans doute des excuses pour mon attitude, reconnut-il. Mais comprenez-moi : j'avais tellement hâte de voir Theresa !

Il devait la prendre pour une idiote.

— Depuis combien de temps ne l'aviez-vous pas revue ? s'enquit-elle d'un ton neutre.

— Plus d'un an, répondit Cesare sombrement.

— Si cela ne vous a pas gêné pendant tout ce temps, quelques heures de plus ou de moins n'y changeaient pas grand-chose, lança-t-elle.

Son compagnon reprit aussitôt son expression fermée.

— Vos opinions ne m'intéressent pas, déclara-t-il.

Marine retint une réplique acerbe. Arborant un sourire enjoué, elle se tourna vers Terry.

— Après notre café, je retournerai à l'hôtel chercher ta valise et tu resteras ici avec ton papa. Il a beaucoup de choses à te raconter.

A son désespoir, la fillette fondit en larmes.

— Je ne veux pas ! Je veux rester avec toi !

— C'est impossible, refusa fermement Marine. Les enfants doivent habiter chez leurs parents. Ton père t'aime beaucoup, et il fera tout pour te rendre heureuse.

— Je suis heureuse avec toi ! argumenta la petite.

— Theresa, mon enfant chérie, tu es ce que j'ai de plus précieux sur terre, intervint le comte d'une voix vibrante d'émotion.

— Tu vois ? Je t'assure, tout ira bien, affirma la jeune fille... Sinon je ne te laisserais pas aller avec lui, ajouta-t-elle, la mort dans l'âme.

Terry parut indécise, tout à coup. Elle réfléchit un moment avant de déclarer :

— D'accord, si tu viens aussi.

— Mais c'est impossible, voyons ! s'écria Marine.

— Alors c'est non.

Aucun argument, aucune promesse ne firent changer d'avis la petite entêtée. De guerre lasse, la jeune fille se tourna vers Cesare.

— Je ne sais plus quoi dire, avoua-t-elle.

Celui-ci avait écouté la discussion sans mot dire, mais avec beaucoup d'attention.

— Il y a une solution, affirma-t-il. Acceptez mon hospitalité.

— Comment ? Mais je... Jamais je ne...

— Pourquoi pas ? Vous semblez éprouver de

l'affection pour ma fille, ce ne serait pas vous demander un trop grand sacrifice, je crois. Vous disposeriez d'une belle chambre et de tout ce que vous souhaiteriez.

— Je sais que vous êtes riche, comte Branzini, mais l'argent n'achète pas tout, et je ne suis pas à vendre, se cabra Marine.

— Je vous le demandais comme un service, répondit calmement le jeune homme. Je sais que vous n'avez aucune sympathie pour moi, mais j'espérais que votre attachement pour Theresa pèserait plus dans la balance.

Emue malgré elle, Marine eut soudain honte de s'être montrée si déplaisante. Le comte fixait sur elle un regard intense... Un frisson la parcourut, elle se sentit faiblir. Il est vrai qu'elle aiderait Terry à s'adapter à son nouvel environnement.

— Combien de temps voudriez-vous me voir rester ?

— Aussi longtemps que vous le voudrez... C'est-à-dire... si personne ne vous attend ?

— Je suis libre de toute attache, s'entendit-elle dire.

— Voilà qui est surprenant, murmura son compagnon.

Et c'était l'homme qui parlait. Aussitôt, elle se raidit.

— Que ceci soit clair, comte : si j'accepte, c'est uniquement pour Terry.

Chapitre 2

Le trajet depuis l'hôtel jusqu'au palais ne commença pas sous de bons auspices. En voyant la vedette amarrée au ponton, Terry fit la moue.

— Ce n'est pas un bateau pointu, commenta-t-elle.

— Plus tard, mon poussin, promit Marine.

La déception de la petite fille se transforma en frayeur quand le batelier la souleva de terre pour l'amener à bord. Dans sa hâte de la rejoindre, Marine fit un faux pas et faillit basculer dans le canal.

Deux bras solides la rattrapèrent et elle se retrouva serrée contre le corps infiniment viril, infiniment sensuel du comte Cesare Branzini. Les joues cramoisies, elle essaya de se dégager.

— Veuillez me lâcher, lança-t-elle entre ses dents.

— Vous préférez plonger tout habillée ?

Quand il souriait, le comte avait un pouvoir de

séduction irrésistible. Fait curieux, cette consta-
tation rendit Marine plus furieuse encore.

— Je préfère en tout cas monter à bord par
mes propres moyens, riposta-t-elle.

— Oui, bien sûr. Les Américaines manifestent
toutes un grand esprit d'indépendance... tant
qu'elles n'ont rien à gagner.

La jeune fille serra les poings.

— Comte Branzini, en dépit de mon opinion
personnelle, je vais inciter votre fille à vous
accepter dans les délais les plus brefs possibles.
Non pas parce que vous le méritez, mais parce
que je ne veux pas endurer votre compagnie plus
longtemps que nécessaire.

Sa tirade achevée, elle sauta à bord d'un bond
souple sans laisser à son interlocuteur le temps
de répondre.

Pendant tout le trajet, elle l'ignora ostensiblement et s'absorba dans la contemplation des
splendides demeures qui bordaient leur route.
Quand ils atteignirent le palais de Cesare, Marine
fut impressionnée malgré elle. Des arches gra-
cieuses ornées de statues s'élevaient au-dessus de
l'eau. Aux étages supérieurs, des balcons de fer
forgé au dessin raffiné croulaient sous les fleurs
aux couleurs vives. La patine du temps ajoutait
encore à la beauté de l'ensemble.

Le frère de Cesare, Federico, accueillit les
arrivantes dans le vestibule. Saisissant Terry par
la taille, il la souleva haut avant de la serrer
contre son cœur.

— *Mia cara!* Comme je suis content! J'ai attendu très longtemps de faire ta connaissance.

Au grand étonnement de Marine, la petite fille parut surprise, mais nullement intimidée.

— Je suis ton oncle Federico, poursuivit le jeune homme. Sois la bienvenue ici.

Enfin, quelqu'un témoignait un peu d'affection à cette enfant! Il était temps!

— Dis bonjour à ton oncle, Terry, suggéra-t-elle gentiment.

— Oncle Fréda... Flédé...

Il se mit à rire.

— Mon nom est trop difficile à prononcer? Ça ne fait rien. Veux-tu m'appeler Rico? Ou Freddy?

Une fossette creusa la joue de sa nièce.

— Oncle Freddy, je sais le dire.

— Va pour Freddy, petite Theresa.

— Ma maman m'appelait Terry.

Federico hésita; il jeta un coup d'œil à son aîné avant de dire :

— Nous t'appellerons ainsi pour le moment, si tu le désires. Avec le temps, peut-être apprendras-tu à aimer Theresa. C'est un très beau nom italien.

Pourquoi Cesare ne pouvait-il pas montrer autant de tact avec elle? Il était resté muet, le visage sombre, pendant tout ce dialogue.

Federico tendit la main à Marine.

— Pardonnez mon impolitesse, mais j'étais

transporté de joie. C'est vous qui nous l'avez amenée, n'est-ce pas ?

— Miss Gayle est notre invitée pour quelque temps, annonça Cesare.

Son cadet, interloqué, les dévisagea l'un après l'autre ; il avait bien perçu l'animosité que tous deux cherchaient à dissimuler.

— Ce sera charmant, commenta-t-il avec courtoisie.

— Emportez les bagages de ma fille dans sa chambre, Alfredo, ordonna le comte au valet qui était entré sans bruit. Et installez Miss Gayle dans la chambre voisine de la sienne.

Et sans un mot de plus, il s'éloigna.

Marine suivit le serviteur à l'étage. Ils entrèrent d'abord dans la chambre de Terry, une pièce immense, remplie d'innombrables meubles antiques. Le lit à baldaquin en bois sombre était tendu de tentures roses damassées assorties aux rideaux. L'écritoire, le divan et les chaises étaient de véritables pièces de musée. C'étaient des objets magnifiques, mais assez impressionnants. L'armoire, surtout, avait de quoi inquiéter : elle était assez vaste pour y loger dix cadavres et quelques fantômes...

Terry glissa sa main dans celle de la jeune fille.

— Tu resteras avec moi, n'est-ce pas ?

Marine feignit de ne pas avoir compris.

— Mais oui mon cœur, je te l'ai déjà dit. Je serai dans la chambre juste à côté.

— Non, ici ! J'aurais peur de dormir toute seule dans ce drôle de lit.

— Allons donc ! les grandes filles comme toi n'ont pas peur, voyons ! Dès que nous aurons déballé nos affaires, nous irons tout explorer. Quelle belle maison !...

Elle continua à bavarder ainsi pendant qu'elle défaisait les bagages sans vouloir voir la mine déconfite de la petite. En vérité, cette chambre superbe aurait mieux convenu à quelque haut dignitaire qu'à une enfant déracinée. A quoi pensait donc son père ? N'aurait-il pas pu lui aménager un espace un peu plus chaleureux ?

La gentillesse de Federico lui avait fait espérer un moment qu'elle pourrait abréger son séjour, mais elle n'y comptait plus. Terry se sentait visiblement mal à l'aise dans cette demeure opulente surchargée d'œuvres d'art et de portraits austères.

Sans prendre la peine d'aller voir sa propre chambre, Marine redescendit avec la fillette. Federico les attendait. Sa vue ramena le sourire sur les lèvres de sa nièce. Par chance, le comte n'était pas là.

— Eh bien ! vous avez été rapides ! s'exclama le jeune homme. Avez-vous tout ce que vous désirez ?

— Oui, je vous remercie. Votre maison est magnifique.

— Je vous la ferai visiter entièrement, promit Federico. Mais il fait très beau, commençons donc par le jardin. Theresa... Terry, que dirais-tu d'aller cueillir une orange sur l'arbre ?

— Nous avons des orangers derrière chez nous en Californie, répliqua la fillette, dédaigneuse.

Marine ne put s'empêcher de rire devant la déception de Federico.

— Vous aurez plus de succès si vous lui proposez une promenade en bateau pointu, le consola-t-elle.

— En bateau pointu ?

— En gondole. Elle en rêve depuis notre arrivée.

— Et elle l'aura, c'est promis.

— Tout de suite ? demanda Terry, toute réjouie.

— Dès que ton père nous rejoindra, répondit son oncle avec tact.

— Ah.

Toute joie s'envola aussitôt de son petit visage.

— C'est honteux, la façon dont on l'a dressée contre son père, murmura le jeune homme.

— Lui-même n'a pas fait beaucoup d'efforts pour la connaître, riposta Marine avec rancœur.

— Comment pouvez-vous dire cela ? s'exclama Federico, choqué. Ignorez-vous donc ce qu'il a dû endurer ?

Sa compagne regarda ostensiblement le décor luxueux autour d'eux.

— Je m'inquiète plus de ce que Terry a dû endurer.

— Vous croyez donc qu'il l'a négligée ? Vous

vous trompez, je vous l'assure. Il a fait tout ce qui était en son pouvoir.

— Un toit au-dessus de sa tête et trois repas par jour ne suffisent pas. Les enfants riches sont pauvres si ils n'ont pas d'amour.

— Vous êtes trop prompte à juger sans connaître tous les éléments, trancha Federico en se rembrunissant.

Marine prit soudain conscience qu'elle était injuste. Qu'attendait-elle au juste ? Que Federico dénigre son propre frère ?

— Pardonnez-moi, je n'aurais pas dû parler ainsi, s'excusa-t-elle. Mais j'ai tant d'affection pour Terry ! Si j'avais su qu'elle serait si malheureuse ici, je ne suis pas sûre que j'aurais accepté de l'emmener.

— Sa réaction est normale, pauvre petite. Sa mère est morte et elle se retrouve en milieu inconnu. Mais très vite elle recommencera à rire et à jouer, vous verrez.

Marine l'espérait de tout son cœur. Avec un soupir, elle suivit Federico au jardin.

Une véritable explosion de couleurs et de verdure les accueillit au sortir de la pièce sombre. Un sentier traversait la pelouse bien entretenue jusqu'à une ravissante fontaine de mosaïque. A leur approche, des pigeons prirent leur envol dans un lourd battement d'ailes.

— Cela te plaît-il ? demanda anxieusement le jeune homme à sa nièce.

— Oui, acquiesça la fillette avec conviction.

C'était la première fois qu'elle disait « oui ».
C'était encourageant.

— Ce sera ton terrain de jeu, poursuivait
Federico. Si tu veux, nous installerons une balan-
çoire sous cet arbre.

— Oh ! quand ?

— Le plus tôt possible.

— Veux-tu jouer avec moi maintenant, oncle
Freddy ?

— Bien sûr. A quoi ?

— A colin-maillard. Tu dois t'attacher un
mouchoir sur les yeux et essayer de m'attraper.
Marine, joue avec nous !

Quand le jeune homme se fut exécuté, la petite
partit en courant, riant et l'appelant. Elle insista
pour que Marine en fasse autant, et bientôt le
jardin résonna de leurs rires.

Ce fut bientôt au tour de Marine d'être « au
milieu ». Le bandeau sur les yeux, elle avança
lentement, mains tendues devant elle, jusqu'à ce
que son oreille fine capte un léger bruit de pas.
Pirouettant sur elle-même, elle saisit Federico
par les épaules.

— Elle t'a attrapé, oncle Freddy ! Elle t'a
attrapé !

La jeune fille arracha le mouchoir, et rencontra
le sourire de son compagnon.

— Je suis heureux d'avoir été capturé par une
si charmante signorina.

Marine lui rendit son sourire.

— Vos flatteries ne vous mèneront nulle part, le prévint-elle gaiement.

A ce moment, Federico fixa un point derrière elle.

— Viens jouer avec nous, Cesare ! J'ai besoin de renfort !

Terry se pétrifia instantanément.

— Je ne veux plus jouer, déclara-t-elle.

Cesare resta immobile, dans l'embrasure de la porte-fenêtre. Une ride profonde barrait son front. Le regard de Federico alla du père à la fille.

— Il est temps de nous rafraîchir, fit-il avec diplomatie. Allons voir à la cuisine ce qu'Anna nous propose.

Terry le suivit sans protester, détournant la tête comme elle passait devant son père. Marine éprouva pour lui un élan de pitié inattendu. Le comte était un homme fier ; ce devait être terrible d'être rejeté par sa propre fille.

Quand ils furent seuls, elle rompit le silence.

— Elle commençait à être fatiguée, dit-elle gentiment. Le jeu était très animé.

— Je m'en suis aperçu. Vous poursuiviez Federico avec beaucoup d'acharnement.

— Que voulez-vous dire ?

— Simplement que votre façon de vous amuser n'était pas celle d'un enfant.

Marine sentit sa compassion se dissiper rapidement.

— Et à quoi avez-vous vu cela ? s'enquit-elle.

— Je préfère vous informer que mon frère est fiancé, dit le comte sans répondre.

— La belle affaire !

— Dans notre famille, c'en est une, articula Cesare d'un ton glacial. Nous avons l'habitude de respecter nos engagements.

— Vraiment ? susurra Marine avec une ironie cinglante. Ce ne doit pas être épuisant de libeller un chèque tous les mois, surtout quand on a de l'argent à ne plus savoir quoi en faire !

— Cette fortune que vous prétendez mépriser ne manque pas d'attrait, convenez-en ! Cessez donc votre comédie, nous connaissons tous les deux votre but.

— A savoir ?

— D'abord vous avez su vous introduire dans les bonnes grâces de ma fille, vous rendre indispensable. Et maintenant vous avez décidé d'inclure mon frère dans vos projets. Mais je ne vous le permettrai pas.

Ulcérée, Marine planta les poings sur les hanches et se campa face au compte.

— Sachez que je n'avais pas besoin de venir jusqu'en Italie pour trouver un homme si j'en cherchais un. Et je n'ai aucune visée particulière sur votre frère. Il est charmant, mais il a un grave défaut à mes yeux : c'est un de vos parents !

— Et il dépend de moi financièrement, renchérit froidement son interlocuteur. Vous feriez donc mieux d'essayer vos charmes sur moi...

Il se rapprocha presque jusqu'à la toucher et contempla son visage enflammé avec ironie.

— ... Chacun sait que je suis sensible aux jolies Américaines.

Même sans la toucher, il réussissait à faire vibrer Marine d'un trouble indicible. Son regard la caressait, des images se formaient dans son esprit, elle se représentait ses lèvres sur les siennes, ses bras autour d'elle... Comment était-ce possible alors qu'elle le haïssait tant ? L'attirance qu'elle éprouvait pour lui était méprisable, révoltante.

— Si vous posez un seul doigt sur moi, il vous en cuira ! le menaça-t-elle d'une voix sourde.

— Nous verrons, riposta-t-il avec un calme exaspérant.

— Non, nous ne verrons pas ! explosa Marine, sortant de ses gonds. En voilà assez ! Je n'étais sûrement pas dans mon état normal pour avoir accepté de venir ici. Veuillez me faire appeler une vedette, je m'en vais. Je serai vite prête, je n'ai pas ouvert mes valises.

— Très bien. Je vais demander à Theresa de venir vous dire au revoir.

— Non ! Ne faites pas ça !

— Pourquoi pas ? Elle sera désolée si vous partez sans l'avoir revue.

— Vous savez très bien qu'elle va pleurer et me demander de rester.

Cesare la toisa sans aménité.

— N'est-ce pas un peu lâche de créer un drame et de me laisser seul pour l'affronter ?

— Vous êtes son père !

Le regard du jeune homme devint vide tout à coup.

— Elle ne m'accepte même pas comme un étranger... Mais vous avez raison, ce n'est pas votre problème, reprit-il, retrouvant son arrogance coutumière. Soit Theresa s'habituera à moi, soit elle ne s'habituera pas. Cela ne dépendra que d'elle.

— Vous êtes ignoble ! lança Marine. Vous savez très bien que je ne peux pas la laisser !

— Alors restez.

— Comment pouvez-vous manipuler ainsi les sentiments des gens ? N'avez-vous donc aucun scrupule ?

Le comte se durcit.

— Que ceci soit clair, dit-il en détachant ses mots. Je suis prêt à tout pour obtenir ce que je veux. A tout.

Il fixait sur elle un regard pénétrant, intense. Marine se redressa d'un air de défi.

— Je me doutais que le bien-être de votre fille n'était qu'un prétexte pour vous !

L'espace d'un instant, Cesare parut interloqué.

— Que voulez-vous dire ?

— Ce n'est pas son rejet qui vous est intolérable, c'est le mien. N'est-ce pas, comte Branzini ?

Une lueur sauvage s'alluma au fond des yeux si

noirs du jeune homme. Avec un sourire glacial, il saisit sa compagne aux épaules et la dévisagea.

— Ce n'est qu'un début, charmante signorina. Avant peu, vous regretterez amèrement toutes vos manigances. Je serai le vainqueur !

— N'y comptez pas, riposta Marine en le repoussant, le cœur étreint d'une vague appréhension. Je vous trouve parfaitement répugnant.

— Est-ce la raison pour laquelle vous tremblez ?

— J'ai toujours cette réaction devant des gens que je déteste.

— Comme c'est intéressant ! Alors si je vous embrassais, cela vous déplairait ?

— Exactement... Si ce n'est que j'aurais employé un mot plus fort.

Elle se força à ne pas bouger. Il essayait de l'impressionner, s'affirma-t-elle... En tout cas, lui ne se laissait pas arrêter par la véhémence qu'elle déployait. Au contraire, cela paraissait l'amuser prodigieusement...

Avec une soudaineté qui la déconcerta, il s'empara de ses lèvres et la bâillonna d'un baiser quand elle voulut protester.

En réponse aux efforts de Marine pour se libérer, il se contenta de resserrer son étreinte. Elle s'efforça de nier le trouble qui montait en elle, mais un frisson la parcourut quand elle sentit les mains du jeune homme sur son dos et ses hanches. Un vertige la saisit, le monde bascula et sombra.

Plus rien n'existait hormis cet homme, hormis la caresse chaude de ses lèvres, la pression de son corps si ferme, la douceur brûlante qu'il avait éveillée en elle et qui se répandait dans ses membres, l'engourdissait, l'emplissait d'une langueur exquise...

Quand il la repoussa doucement, Marine leva vers lui des yeux extasiés, illuminés.

— Répondez-vous ainsi à toutes les personnes que vous détestez ? On n'ose imaginer ce que ce doit être avec vos amis ! lâcha-t-il alors avec un mépris sans fond.

Une douche glacée n'aurait pas fait plus d'effet à la jeune fille. Suffocante, atrocement humiliée, elle le fusilla du regard.

— Vous n'aurez pas l'occasion d'en faire l'expérience, assura-t-elle.

— J'aurai grand plaisir à vous prouver le contraire plus tard, répondit-il affablement. Pour l'heure, des tâches plus urgentes m'attendent.

Si seulement elle avait eu une arme...

L'après-midi se passa agréablement, Cesare n'étant pas là. Terry eut enfin la promenade promise, et sa joie récompensa presque Marine de toutes ses peines. Ses exclamations ravies et ses éclats de rire étaient communicatifs.

Federico contempla sa nièce avec un sourire attendri comme elle saluait un vaporetto à grands signes.

— Tout devient neuf et passionnant quand on

le voit à travers les yeux d'un enfant, dit-il. Cette petite fille va changer nos vies.

— Sa vie aussi va changer, observa gravement Marine.

— Elle s'adaptera.

— Mais pourquoi est-ce à elle de le faire, alors qu'elle est si petite ? s'insurgea la jeune fille. Elle ne parle même pas italien. Pourquoi ne pas l'avoir confiée à sa tante jusqu'à ce qu'elle soit en âge de mieux comprendre ?

Federico s'assombrit imperceptiblement.

— Connaissez-vous Brenda Porter ?

— Non, je sais seulement qu'elle est la seule parente de Terry du côté maternel et qu'elle souhaitait vivement s'occuper de l'enfant. Pourquoi me posez-vous cette question ?

— Elle est actrice... Quand elle trouve des rôles.

— Et cela la rend impropre à l'éducation d'une enfant ?

— Non, pas nécessairement...

— Franchement, Federico, trouvez-vous juste d'arracher une petite fille à tout ce qu'elle connaît ?

— Savez-vous depuis combien de temps Cesare voulait la reprendre ? Sa mère... Mais j'en dis trop, s'interrompit-il brusquement. Eh bien, Terry, que penses-tu du bateau pointu ?

Marine l'observa pensivement. Qu'avait-il été sur le point de raconter ? De toute façon, elle ne pouvait le croire sur parole. Le lien entre son frère et lui était visiblement très fort. Federico croirait tout ce que son aîné voudrait bien inventer.

Vers le soir, Terry commença à manifester des signes de fatigue.

— Il vaudrait mieux la faire dîner tôt et la mettre au lit, préconisa Marine.

— Oui, vous avez raison, convint Federico d'un air ennuyé. Son père sera déçu de ne pas la voir. Mais votre présence le consolera, ajouta-t-il galamment.

Marine aurait volontiers dîné en tête à tête avec Federico, en parlant de Venise et de tout ce qu'il y avait à y visiter. Par contre elle n'avait aucunement l'intention de supporter Cesare.

— Si cela ne vous ennuie pas, je vais manger avec Terry et me coucher tôt moi aussi. Je ne me suis pas encore habituée au décalage horaire, prétexta-t-elle.

Après avoir bordé Terry dans son lit, Marine lui souhaita bonne nuit en feignant délibérément de ne pas remarquer ses coups d'œil craintifs autour d'elle. Si elle lui cédait ce soir, ce serait pire encore le lendemain.

— Je te laisse la petite lampe allumée, au cas où tu voudrais te lever cette nuit. Bonsoir mon poussin, dors bien.

Le visage malheureux de la petite fille lui brisait le cœur, mais elle demeura ferme. De retour dans sa chambre, elle se prépara pour la nuit. Avant de se glisser entre les draps, elle alla s'accouder un moment à la fenêtre. Venise la nuit ressemblait à une ville de contes de fées. Les toits des palais dessinaient une merveilleuse dentelle sur le ciel de velours sombre ; l'eau reflétait les lumières et les brisait en mille éclats, des barques glissaient sans bruit et de tous côtés, on entendait des chansons.

Marine soupira. C'est là qu'elle avait envie d'être, là qu'elle aurait *dû* être si elle ne s'était pas retrouvée mêlée à la vie des Branzini...

Au beau milieu de la nuit, la jeune fille ouvrit les yeux et se demanda où elle se trouvait. La voix de Terry la ramena à la réalité. Se levant précipitamment, elle courut dans la chambre voisine, où la petite fille pleurait à gros sanglots.

— Chérie ! Qu'y a-t-il ? Je suis là mon poussin, ne pleure plus, ne pleure plus.

— Sur... mon... lit ! hoqueta Terry.

Cesare surgit dans la pièce.

— Qu'y a-t-il ? Que s'est-il passé ?

Terry s'accrocha au cou de Marine en pleurant de plus belle.

— Ne le laisse pas m'attraper ! J'ai peur !

— Allons, allons ! C'était un cauchemar, n'y pense plus, murmura la jeune fille en la berçant.

— Non ! Je l'ai vu ! C'était un gros monstre, il était au-dessus de mon lit ! J'ai vu le plafond bouger.

Cesare fronça les sourcils, perplexe, avant de

comprendre : il devait s'agir du dais, que la brise avait agité.

— C'était le vent, dit-il.

— Non, c'était un monstre ! insista Terry. Je ne veux plus dormir ici, Marine. Dis, je peux aller dans ton lit ?

Marine fut tentée d'accepter. Elle était furieuse : quel genre de chambre était-ce donc pour une enfant de quatre ans ? Même un adulte s'y sentirait inquiet.

— Tu n'as rien à craindre, *tesoro mio*, intervint Cesare d'une voix douce. Je ne laisserai personne te faire du mal.

Pour toute réponse, Terry se serra convulsivement contre Marine. La jeune fille chercha une position plus confortable : l'enfant était lourde.

— Je vais la prendre, dit le comte en tendant les bras.

— Non !

Il ne dit rien, ses mains retombèrent à ses côtés.

— Ecoute, suggéra promptement Marine, ton papa va fouiller toute la chambre pour vérifier qu'il n'y a pas de monstres, et je resterai avec toi jusqu'à ce que tu te rendormes.

Sans lui laisser le temps de protester, elle recoucha la petite et s'assit à son chevet. Suivant ses instructions, Cesare ouvrit grand toutes les portes et regarda sous chaque meuble.

— Pas un seul monstre à l'horizon, annonça-t-il enfin.

— Tu vois ? Rien ne peut t'arriver quand nous sommes là tous les deux, commenta Marine en espérant que son compagnon saisirait l'allusion et resterait.

C'était l'occasion idéale de prouver à Terry qu'elle pouvait compter sur son père. Cesare parut le comprendre, car il s'assit sur un fauteuil face au lit. La fillette, à contrecœur, accepta de fermer les yeux. En fait, elle se rendormit très vite. Dès que sa respiration fut régulière, Marine se leva sans bruit et fit signe au jeune homme de la suivre dehors. Le moment était venu de mettre certaines choses au point.

— Venez avec moi, murmura-t-elle quand ils furent dans le couloir. J'ai à vous parler.

Sans un mot, il la suivit dans sa chambre. Sitôt la porte refermée, Marine lui fit face, les yeux brillant de colère.

— N'avez-vous donc aucun bon sens ? Comment avez-vous pu installer une enfant dans une chambre pareille ?

— Pourquoi ? Qu'est-ce qui ne va pas ? s'étonna le comte.

— Tout ! Où voulez-vous qu'elle dessine ? Sur le bureau en marqueterie ? Et comment va-t-elle suspendre ses vêtements dans cette armoire pour géants ? Et où sont les poupées et les animaux en peluche qu'elle devrait avoir ?

— Je n'y ai pas pensé, avoua Cesare, la tête basse.

— Eh bien vous auriez dû !

— D'accord. Dès demain, j'irai lui en acheter.

— Profitez-en pour lui prendre des nouveaux meubles, suggéra Marine d'un ton rogue.

— Certainement. Theresa les choisira elle-même avec votre aide... Vous prenez vraiment le bien-être de ma fille à cœur, n'est-ce pas ? ajouta-t-il pensivement.

— Bien entendu ! Sinon pourquoi serais-je ici ?

— Oui, pourquoi ? répéta-t-il en s'approchant d'elle comme pour mieux la contempler. C'est dommage. Si nous nous étions connus dans d'autres circonstances...

— Cela n'aurait rien changé, affirma Marine d'autant plus précipitamment qu'un trouble insidieux s'emparait d'elle. L'heure n'est pas à ces discussions oiseuses, comte. Il est temps de se coucher.

— J'aimerais penser qu'il s'agit d'une invitation, sourit-il avec une pointe de raillerie.

— Ça n'en est pas une.

— Non, pas ce soir en effet. Mais une autre fois...

Chapitre 3

Cesare était seul à la longue table de la salle à manger quand Marine et Terry descendirent, le lendemain matin. Il buvait une tasse de café très noir en parcourant le journal. A l'entrée des deux arrivantes, il se leva courtoisement pour offrir une chaise à Marine. Seule une brève lueur dans ses yeux indiqua qu'il se souvenait de leur conversation nocturne. Son visage s'adoucit quand il s'adressa à sa fille.

— *Buon giorno*, Theresa. Te sens-tu mieux ce matin ?

— Oui.

Marine se réjouit de constater que la fillette semblait avoir moins peur de son père. C'était aussi la première fois qu'elle lui répondait par l'affirmative.

— Marine t'a-t-elle dit que nous allions faire des emplettes ce matin ?

— J'ai préféré vous laisser le lui annoncer, murmura la jeune fille.

Le comte l'en remercia du regard.

— Nous allons t'acheter des poupées, des jouets et des meubles nouveaux pour ta chambre. D'accord, *cara mia* ?

Le mobilier laissa l'enfant indifférente.

— Pourrai-je avoir une poupée Baby Betsy ? demanda-t-elle d'un air d'espoir.

— Oui, si nous en trouvons une.

Cette matinée dans les magasins s'avéra être une idée de génie. Cesare conduisit ses deux compagnes dans une boutique de jouets où il donna carte blanche à Terry. Toute à la joie de choisir ses jeux, elle prit même son père par la main pour lui montrer ce qu'elle voulait.

Il y avait assez de paquets pour remplir une camionnette ; ils les laissèrent donc sur place en demandant à être livrés. Terry emporta néanmoins une grande poupée qui deviendrait sa compagne inséparable.

La petite fille manifesta beaucoup moins d'intérêt quand il fallut choisir des meubles. Ce fut au tour de Marine de s'extasier.

— Regarde, Terry, cette petite table ravissante !... C'est exactement ce que j'avais dans l'idée, ajouta-t-elle en se tournant vers le comte, comme Terry ne réagissait pas.

Le vendeur, devinant les clients importants, approuva vigoureusement.

— Votre épouse a un goût excellent, signor.

— N'est-ce pas ?

Avec un sourire, Cesare venait d'enlacer les

épaules de Marine et il la contemplait avec une feinte adoration.

La jeune fille se raidit instinctivement, puis le comique de la situation lui apparut. Ils pouvaient facilement passer pour une famille en effet, pour qui ne connaissait pas l'histoire compliquée qui les unissait. Elle se détendit dans les bras de Cesare, et lui rendit son sourire en battant des cils.

— Ne vous ai-je pas choisi entre tous, *chéri?* susurra-t-elle.

Le sourire du jeune homme s'élargit.

— J'espère que vous n'aurez jamais à le regretter, *chérie*, répondit-il.

Et s'inclinant, il l'embrassa au coin de la bouche. Le vendeur s'éloigna pour remplir le bon de commande.

— Tu aimes embrasser mon papa?

Seigneur! Marine avait oublié un moment la présence de Terry! Elle essaya de se dégager de l'étreinte du jeune homme, mais celui-ci la serra plus fort.

— Euh, je... allons voir les éléments de bibliothèque maintenant.

— Vous n'avez pas répondu à l'enfant, objecta Cesare.

Marine lui lança un regard furieux. Elle était prise au piège : Terry attendait une réponse, et elle ne pouvait décemment pas lui dire la vérité.

— Oui, euh, c'est... c'est agréable.

Cesare rit sous cape.

— Merci, murmura-t-il en s'inclinant.

— Il n'y a vraiment pas de quoi, rétorqua la jeune fille d'un ton sarcastique.

— Le fait que vous me trouviez attirant bouleverse-t-il vos plans ?

— Je n'ai aucun projet vous concernant, et vous vous bercez d'illusions !

— Je ne le crois pas. Hier, quand je vous ai embrassée au jardin, vous êtes devenue toute souple et consentante dans mes bras. A ce moment-là vous avez été sincère avec moi. Votre charmant corps ne sait pas mentir.

Le même corps faillit bien la trahir en cet instant. Maudit homme ! Pourquoi fallait-il qu'il aborde les sujets les plus incongrus aux moments les plus inopportuns ?

— Vous rendez-vous compte que votre fille est là ? fulmina Marine à mi-voix.

— Ma fille apprendra à considérer l'affection comme une chose normale.

— Pas entre étrangers, j'espère. Or c'est ce que nous sommes l'un pour l'autre.

— Des étrangers n'ont pas une connaissance aussi intime l'un de l'autre, répliqua son compagnon. Je saurais décrire chacune da vos courbes délicieuses.

Marine lui tourna le dos et, prenant Terry par la main, elle se dirigea vers les meubles de bibliothèque d'un pas digne.

Quand ils sortirent de là, il était l'heure de déjeuner. Marine s'attendait à ce que Cesare les emmène dans un restaurant trop luxueux où des serveurs gantés de blanc multiplieraient les courbettes, mais le jeune homme s'était vite adapté à la situation : il conduisit ses compagnes dans une petite trattoria toute simple où l'on servait des salades et des pâtisseries.

— J'espère que cela vous convient, murmurat-il à l'intention de Marine. Ce n'est pas le genre d'endroit où je vous convierais d'habitude, mais il m'a semblé que pour Theresa...

— Vous avez eu tout à fait raison, approuva la jeune fille.

Le repas se passa étonnamment bien. Cesare était détendu, et sa bonne humeur était irrésistible. Terry elle-même écoutait attentivement les descriptions qu'il leur faisait de la ville, et elle lui posa quelques questions.

En observant les liens qui se nouaient entre le père et la fille, Marine songea que sa présence n'était plus nécessaire. Dorénavant, Terry s'acclimaterait rapidement.

Cesare leva les yeux vers la jeune fille comme s'il s'était senti observé. Une flamme brilla dans ses yeux, et Marine sut que sa décision de partir était sage.

Le comte, de toute évidence, avait décidé de l'ajouter à sa liste de conquêtes ; elle n'entrerait pas dans son jeu. Bien que son antipathie envers lui se soit atténuée, elle ne voulait rien avoir à faire avec lui. Il était tout ce qu'elle n'aimait pas : arrogant, impérieux, infidèle. Une seule femme ne lui suffirait jamais.

Cesare Branzini était un homme extrêmement séduisant, elle devait bien le reconnaître. Il avait énormément de charme quand il le voulait... et il savait s'en servir. Il était dangereux, mieux valait ne pas relever le défi qu'il lançait. Il restait à Marine une chose à faire pour Terry, et ensuite elle s'en irait.

— Je voulais vous parler d'un problème, comte Cesare. Terry ne parle pas l'italien.

— Bah, les enfants apprennent vite, répondit le jeune homme.

— C'est vrai, mais si vous la mettiez dans une école maternelle, ce serait plus facile pour elle.

Cesare fronça légèrement les sourcils.

— S'il le faut vraiment, je peux faire venir un précepteur à la maison.

— Elle aura besoin de petits compagnons de son âge, insista Marine.

— Vous avez peut-être raison, concéda-t-il. Nous nous en occuperons dès demain.

Quand ils rentrèrent au palais. Terry courut montrer sa nouvelle poupée à Federico. Marine en profita pour parler à son hôte de ses intentions :

— Tout s'est très bien passé aujourd'hui, Terry est déjà beaucoup moins sauvage, commença-t-elle. Je pense que vous pourrez vous débrouiller sans moi maintenant.

— Vous voulez partir ? s'exclama le comte, très surpris.

— Je n'ai plus aucune raison de rester.

— Je pourrais vous en citer quelques-unes, murmura-t-il avec un sourire éloquent.

— C'est justement pourquoi je préfère m'en aller, riposta-t-elle sans ambages.

Du bout des doigts, Cesare lui effleura la joue.

— Avez-vous donc si peur de moi, petite Marine ?

Elle se força à rester immobile, à ne pas réagir.

— Pas le moins du monde, assura-t-elle. Mais Terry n'a plus besoin de moi et j'aimerais prendre enfin mes vacances.

— Vous quittez Venise ?

— Au contraire, je vais commencer à visiter la ville.

Le comte eut une moue penaude.

— Pardonnez-moi, signorina, je me suis montré égoïste jusqu'ici.

C'était vrai, mais Marine se surprit à le rassurer :

— Cela ne m'a pas vraiment gênée... Ce fut une aventure ! conclut-elle avec un brusque sourire.

Il lui rendit son sourire.

— Pour moi aussi... et j'aimerais la poursuivre. Acceptez-vous de rester ici en qualité d'invitée et de me laisser vous dédommager de tous les soucis que nous vous avons causés ?

— Ce n'est vraiment pas nécessaire.

— Si vous craignez que je n'abuse de ma

position d'hôte, permettez-moi de vous rassurer. Il y a eu entre nous un malentendu au départ. Je sais maintenant que mes soupçons étaient absurdes.

— J'ignore encore de quoi vous m'accusiez...

— C'est sans importance. Entrons discuter au salon avant que vous ne preniez une décision.

Comment le convaincre qu'elle était déjà résolue à partir ? Il l'affectait trop, surtout quand il marchait si près d'elle, l'effleurant à chaque pas.

Federico écoutait le babil excité de sa nièce, le visage soucieux. Dès qu'il vit son frère, il se leva.

— Puis-je te parler en privé un moment, Cesare ?

Les deux hommes se dirigèrent vers le bureau, et Marine s'apprêta à sortir au jardin avec Terry. Toutes deux s'immobilisèrent au milieu de la pièce en entendant des éclats de voix. C'était Cesare. On ne distinguait pas ses paroles à cause de l'épaisseur du mur, mais il était manifestement très en colère.

— Sortons, murmura Marine en voyant l'appréhension se peindre dans les yeux de la fillette.

Elles n'en eurent pas le temps : Cesare jaillit hors du bureau.

— J'exige une explication ! lança-t-il à Marine. Pourquoi ne m'avez-vous pas dit que Brenda était à Venise ?

— Votre belle-sœur ? Comment l'aurais-je su ? répondit-elle, interloquée.

— Ne me mentez pas !

Lui saisissant le menton, il lui releva brusquement le visage.

— ... Que complotez-vous ensemble ?

Le changement qui s'était opéré en lui était si soudain que la jeune fille resta pétrifiée une seconde. Puis, se dégageant d'un geste brusque, elle fit front.

— Je ne comprends rien à ce que vous dites et si vous osez me toucher une autre fois, vous le regretterez !

— Je veux des réponses, gronda le comte d'une voix menaçante. Elle est venue prendre Theresa, n'est-ce pas ?

— Etes-vous fou ? Comment le pourrait-elle ?

— C'est exactement ce que vous allez m'expliquer.

Son ton était si terrifiant que Terry se mit à pleurer.

— ... Theresa, va au jardin ! ordonna-t-il.

— Non ! tu vas frapper Marine !

Au prix d'un effort, Cesare se domina.

— Je ne vais pas la frapper, je veux simplement lui parler, dit-il d'une voix plus calme. Allons, sois sage et obéis-moi.

— Non.

Terry se serra contre Marine et leva vers elle un regard implorant.

— ... S'il te plaît, rentrons chez nous. Je ne veux pas rester ici.

— Voilà ce que vous avez fait ! ragea la jeune fille en essuyant les larmes de l'enfant. Ne t'inquiète pas ma chérie, tout va bien. Va dehors avec ton oncle Freddy. Je te promets que ton père ne va pas me faire de mal.

Dès qu'ils furent seuls. Marine darda un regard furibond sur le comte.

— Etes-vous fou ou inconscient ? Grâce à vous, nous voilà revenus au point de départ !

— Ce qui doit vous satisfaire, n'est-ce pas ? riposta-t-il sur le même ton.

— Qu'aurais-je à y gagner ?

— Cela me paraît évident.

— Ecoutez, comte Branzini. J'en ai assez de vous et de votre caractère insupportable. Je pars ! Débrouillez-vous tout seul !

— Vous n'irez nulle part.

— Essayez de m'en empêcher !

Cesare maîtrisait sa colère maintenant. Il n'en était que plus dangereux.

— J'espère ne pas avoir à en arriver là, mais je n'hésiterai pas à le faire s'il le faut, affirma-t-il.

— Et comment vous y prendriez-vous ?

— Oh, j'ai le choix... Si vous persistez à vous montrer déraisonnable, un mot à la police devrait suffire à vous retenir dans le pays. On n'aime guère les gens qui « empruntent » des objets chez leurs hôtes, chez nous.

— Mais je n'ai...

Elle s'interrompit, comprenant brusquement. Cesare serait capable d'inventer un vol pour la contraindre à rester ; et sa parole aurait plus de

poids que celle d'une jeune Américaine sans
fortune.

Le comte eut un sourire de triomphe.

— C'est donc entendu ? C'est moi qui fixerai la
date de votre départ.

— Vous gagnez cette fois, mais je vous le ferai
payer, quand bien même j'y passerais ma vie !
promit Marine.

— N'ayez crainte, le jour viendra... ou plutôt
la nuit... ou nous règlerons nos comptes, lança-
t-il avec un rire sarcastique.

— Il doit s'agir de ce qui s'est passé entre votre
belle-sœur et vous. Il doit y avoir une raison pour
que vous ayez si peur d'elle ! Vos mauvaises
actions vous poursuivent, comte !

— C'est donc ce qu'elle vous a raconté ? Oh,
cela lui ressemble bien, conclut-il en proférant un
juron.

Sur ces entrefaites, Federico revint du jardin.

— Cesare, ne crois-tu pas...

— Je sors, l'interrompit son aîné. Préviens
Anna que je ne dînerai pas ici.

La lourde porte claque bruyamment derrière
lui ; les vibrations résonnèrent longtemps dans le
silence de la pièce.

— Je suis désolé, Marine, dit enfin Federico.
Cesare était bouleversé.

— C'est le moins qu'on puisse dire !

— C'est à cause de Brenda. Elle lui a fait les
pires ennuis depuis le début.

— Votre frère ne récolte que ce qu'il a semé,

j'en suis sûre. Pardonnez-moi, mais je ne peux pas compatir sur son sort.

— Vous ne diriez pas cela si vous connaissiez toute l'histoire.

— Je ne veux pas en savoir davantage ! explosa la jeune fille. Vous rendez-vous compte qu'il se livre à un véritable chantage pour me retenir ici ?

— Vous êtes dans tous vos états et c'est bien normal, déclara Federico d'un ton conciliant. J'ai une idée : sortons dîner dehors tous les deux, ce soir. Nous irons au restaurant, puis nous danserons, et même si vous le voulez, nous jouerons un peu au casino. Qu'en dites-vous ? Vous parviendrez peut-être à oublier ces désagréments.

Marine aurait eu besoin de plus que cela pour effacer cet épisode de sa mémoire, mais la perspective de sortir du palais et de voir Venise était séduisante.

Quand le soir arriva, la jeune fille avait retrouvé sa bonne humeur. Federico s'était montré parfait ; il avait su apaiser Terry, lui rendre le sourire, et la petite fille se laissa mettre au lit sans protester après un léger dîner.

Marine n'avait emporté qu'une robe de soirée pour le cas, bien improbable pensait-elle alors, où elle sortirait. Elle fut vite prête. Le jeune Italien l'attendait au bas des marches. Une expression admirative se peignit sur ses traits quand il la vit descendre dans la toilette de satin rose sombre qui mettait en valeur son corps délié. Ses cheveux noirs encadraient son joli visage et un très léger maquillage rehaussait l'éclat de ses yeux bleus frangés de noir.

Federico était très élégant dans son costume bien coupé. Marine songea fugacement que Cesare aurait conféré de la sensualité à une même tenue, mais elle chassa bien vite cette pensée.

Ils prirent le bateau pour l'île du Lido. Ce nom rappelait vaguement quelque chose à Marine ; elle se souvint du touriste américain : c'était là qu'il séjournait.

L'île, située juste en face du Grand Canal, était une banlieue opulente de Venise. On remarquait tout de suite la végétation abondante qui la couvrait. De belles villas apparaissaient entre les palmiers et les treilles. Federico avait choisi d'emmener sa compagne à l'Excelsior, un grand hôtel construit sur la plage.

C'était un véritable palace, abritant des boutiques de luxe au rez-de-chaussée et un piano-bar tout de marbre et de velours pourpre. Un maître d'hôtel installa les deux jeunes gens à une table devant la baie vitrée ouvrant sur la mer.

Après un repas délicieux, ils allèrent au casino.

— A quoi désirez-vous jouer ? s'enquit Federico. Roulette, baccarat ?

— Je préfère regarder, répondit Marine. Je ne connais même pas tous ces jeux. Choisissez votre table, je vais me promener dans la salle.

Certaines règles étaient difficiles à comprendre. Pendant que Marine s'efforçait de deviner pourquoi un joueur venait de gagner avec un six alors que son adversaire avait un roi, une main se posa sur son bras.

— Bonsoir! Nous nous retrouvons donc? Ce doit être le destin!

C'était Ron Schiller, l'Américain qu'elle avait rencontré sur la place Saint-Marc. La jeune fille sourit poliment.

— Ce n'est pas si étonnant. Ne m'avez-vous pas dit que vous séjourniez ici?

— En effet, mais vous pas. Oserai-je espérer que vous êtes venue pour me voir, plaisanta-t-il.

— Vous seriez déçu. Je suis ici avec un ami.

— Je m'en doutais! Où est-il?

— Ce jeune homme, à la table de baccarat.

— Quelle allure! Le bel Italien fortuné. Il doit même avoir un titre, commenta Ron.

— Non, mais son frère en a un, dit Marine en se renfrognant au souvenir de Cesare.

— Mais alors il n'est pas...

Ron s'interrompit et arbora son sourire le plus enjôleur.

— Si vous étiez ma cavalière, je ne vous laisserais pas errer ainsi toute seule.

— C'est moi qui l'ai voulu, j'avais envie de visiter. N'est-ce pas un endroit magnifique?

— Oui, c'est un très beau bâtiment. Etes-vous satisfaite de votre hôtel?

— En fait, je suis dans un palais... j'ai accompagné la fille du comte Branzini de Los Angeles à

Venise, et je reste quelques jours pour lui laisser le temps de s'adapter, expliqua-t-elle.

— Vous pourriez peut-être l'amener sur la place ici, suggéra Ron. Elle se croirait de retour à Santa Monica.

Marine lui lança un regard sceptique.

— Je doute que vous ayez envie de passer vos vacances sur une plage avec une petite fille. Vous avez sûrement mieux à faire.

— Me voilà démasqué ! soupira son compagnon en riant. Je l'avoue, la grande fille m'intéresse plus que la petite.

— Je m'en doutais un peu.

— Je pensais qu'en me montrant prévenant, vous accepteriez de sortir avec moi... Ne refusez pas, Marine !

— Nous nous connaissons à peine. Je ne sais rien de vous si ce n'est que nous nous croisons constamment.

— Cela prouve au moins que nous avons les mêmes goûts en matière de promenades ! Si nous nous revoyons, je vous raconterai toute ma vie en commençant par l'époque où j'étais scout et où j'aidais les vieilles dame à traverser la rue... Acceptez au moins de passer la journée sur la plage avec moi, insista-t-il comme Marine hésitait encore. Cela nous permettra de faire plus ample connaissance, et ce ne sera pas un vrai rendez-vous.

— C'est peut-être une bonne idée, convint-elle alors.

— Merveilleux ! A très bientôt, donc !

Après un dernier sourire, Ron s'éloigna. Marine le suivit des yeux en se demandant pourquoi la perspective de le revoir ne l'enchantait pas plus. Il était beau, il avait du charme... Mais il la laissait indifférente alors qu'un seul regard de Cesare... D'où cette idée absurde lui était-elle venue ? Agacée, elle alla rejoindre Federico au moment où celui-ci quittait la table de jeu.

— Avez-vous gagné ?

— Un peu, acquiesça-t-il modestement en tendant sa pile de jetons au caissier.

Celui-ci les échangea contre une liasse de billets impressionnante.

— Et vous, vous êtes-vous bien amusée ? s'enquit Federico. J'ai eu peur de vous perdre en vous voyant en grande conversation tout à l'heure. Cet homme vous faisait-il la cour ?

— Non, c'est un Américain, le seul que je connaisse à Venise.

— C'est un de vos concitoyens ?

Ron ne lui avait pas dit d'où il venait, s'aperçut-elle. Mais il avait parlé de Santa Monica, une plage proche de Los Angeles. Etait-il possible qu'il soit originaire de cette ville ? Pourquoi ne l'avait-il pas mentionné alors, quand elle avait expliqué qu'alle venait elle-même de Santa Monica ?

— Je ne sais pas, conclut-elle à voix haute. Nous ne nous sommes pas dit grand-chose.

Elle oublia vite Ron : Federico lui suggérait

d'aller danser. La discothèque où il l'emmena était très animée. Le jeune homme était bon danseur, Marine s'amusa beaucoup. Elle était enchantée de sa soirée quand ils rentrèrent au palais, tard dans la nuit. Après avoir chaleureusement remercié son compagnon, elle monta dans sa chambre, se sentant délicieusement lasse. Elle venait de défaire la fermeture de sa robe quand la porte s'ouvrit.

Marine fit volte-face et découvrit Cesare. Il portait un smoking noir et une chemise d'un blanc de neige, à demi déboutonnée sur son torse large et viril.

— Que faites-vous ici ? lança-t-elle.

— Je veux vous parler, répondit-il froidement.

— Cela peut attendre au matin.

Elle essaya de refermer sa robe, mais dans sa hâte la fermeture se prit dans l'étoffe.

— Ce que j'ai à vous dire n'est pas long, je... Pourquoi vous tortillez-vous ainsi ? maugréa Cesare.

— Ma fermeture est coincée, l'informa-t-elle rageusement.

Avec une exclamation impatiente il s'approcha d'elle et la fit pirouetter.

— Que faites-vous ? protesta-t-elle en s'écartant d'un bond.

— Restez tranquille ! J'essaie seulement de vous aider.

— Je n'ai pas besoin de vous !

— Comment diable avez-vous fait cela ? grommela-t-il encore.

Sa voix était agacée, mais ses doigts étaient agiles et patients. Marine endura en silence leur contact sur sa peau nue.

— Là ! dit enfin Cesare.

Mais au lieu d'actionner la fermeture, il posa les mains sur le dos de la jeune fille. Ses paumes chaudes et fermes la firent frissonner ; son cœur s'emballa dans sa poitrine. Elle se retourna dans l'intention de le repousser, de s'écarter de lui.

Cela ne se passa pas ainsi. Ils se contemplèrent mutuellement, quelque chose naquit entre eux, une sorte d'étincelle qui grandit, grandit, menaçant de les embraser l'un et l'autre.

— Comment puis-je blâmer mon frère quand moi-même je ne résiste pas ? murmura le jeune homme.

— Que... que dites-vous ?

— Vous avez profité de ce que sa fiancée est à Rome, mais cela ne se reproduira pas. Votre liaison avec Federico n'aura duré qu'un soir, proféra le comte à voix très basse.

La stupeur, l'humiliation et la rage tournoyèrent en elle.

— Sortez de ma chambre, articula-t-elle en désignant la porte. Et n'y remettez plus les pieds !

— Vous préférez venir dans la mienne ? Très bien. Vous n'aurez qu'à frapper, railla Cesare avant de s'en aller.

Marine fixa longtemps la porte close après son

départ. Sa fureur se teintait de peur. Quel pouvoir le comte exerçait-il sur elle ? Comment réussissait-il à faire naître en elle des émotions si violentes et si contradictoires ? Elle était bel et bien sa prisonnière, de plus d'une façon.

Chapitre 4

D'ordinaire, Marine se levait facilement, impatiente de commencer une nouvelle journée. Mais ce matin-là, quand elle ouvrit les yeux, elle n'eut qu'une envie : se tourner de l'autre côté et se rendormir. Que ferait Cesare si elle cédait à son impulsion ? Le connaissant, il serait capable de venir lui-même la tirer du lit et de l'habiller de pied en cap.

A cette pensée, elle repoussa ses couvertures et fut debout en un clin d'œil. Après s'être douchée, elle sortit machinalement de la penderie une jolie robe rayée bleu et blanc. Mais soudain, elle interrompit son geste : c'était ce que Cesare attendait d'elle ; qu'elle soit élégante. Avec un sourire malin, elle raccrocha le cintre et prit son jean le plus usé sur la pile. Elle l'assortit d'une chemise à carreaux et de mocassins vieux de deux ans. Une queue-de-cheval toute simple compléta cette tenue. Le comte Branzini, toujours tiré à quatre épingles, aurait honte d'être vu en sa compagnie !

Ce que Marine ignorait c'est que même ainsi vêtue, elle suscitait l'admiration. Son pantalon moulait ses formes rondes, et dans ces vêtements ordinaires on remarquait davantage encore ses magnifiques yeux bleus.

Avant de descendre, elle alla chercher Terry. La petite fille traînait à s'habiller.

— Je ne me sens pas bien, annonça-t-elle d'emblée. Je ferais mieux de me recoucher, j'ai mal au ventre.

— Tu as faim, voilà tout, affirma Marine.

Elle le savait très bien, l'enfant était surtout terrorisée à l'idée de revoir son père.

— Non, je suis malade, insista Terry.

— Dans ce cas, nous n'allons pas pouvoir te chercher une école, déclara Marine d'un ton détaché.

— Ça m'est égal, je ne veux pas y aller.

— Tu préfères rester ici toute seule plutôt que de prendre un bateau et d'aller jouer avec d'autres enfants ?

Hum... Cela méritait considération.

— C'est toi qui m'emmènes ? demanda prudemment la fillette.

— Je ne saurais pas y aller. Ton père va donc venir avec nous.

Marine s'efforça de paraître enjouée, mais elle avait encore moins envie que Terry de retrouver le comte...

Celui-ci était à la salle à manger. Il était vêtu

d'un costume sombre orné d'une cravate aux couleurs discrètes. La jeune fille se sentit soudain vaguement anxieuse. N'avait-elle pas pris un risque en choisissant une toilette aussi peu convenable ? Cesare n'aimait guère qu'on le défie.

— Je m'apprêtais à monter vous aider à vous habiller, commenta-t-il en désignant la pendule... J'aurais peut-être dû le faire, d'ailleurs.

Marine se cabra.

— Mon apparence vous déplaît ?

— Quoi que vous fassiez vous restez séduisante. Mais je me demande ce qui vous a retenue si longtemps.

L'allusion était claire, elle était vêtue « comme un as de pique » ! C'était exactement ce qu'elle avait voulu d'ailleurs, mais pour une obscure raison, la réaction du jeune homme la mortifia. Elle voulut le blesser à son tour.

— C'est très simple : j'ai dû convaincre votre fille qu'elle pouvait descendre sans danger.

La jeune fille regretta immédiatement sa pointe en voyant Cesare tressaillir douloureusement. Le visage sombre, il se tourna vers Terry.

— Bonjour, Theresa, as-tu bien dormi cette nuit ?

La petite fille murmura quelques mots inaudibles en se glissant sur sa chaise.

— Quand doit-on livrer les nouveaux meubles ? s'enquit Marine pour rompre le silence pesant.

— Cet après-midi, en principe.

— Quelle chance ! Te rends-tu compte, Terry, quand tu rentreras de l'école, tu auras une chambre toute neuve !

L'enthousiasme de Marine ne suscita qu'indifférence et morosité chez ses deux compagnons.

— J'ai téléphoné à une de mes cousines qui m'a conseillé une maternelle. Bien entendu, c'est Theresa qui décidera en dernier ressort, déclara le comte.

Par bonheur, l'école se révéla parfaite. Elle était tenue par deux sœurs charmantes, qui adoraient visiblement les enfants et savaient s'y prendre avec eux. Elles accueillirent chaleureusement la petite Américaine.

— Veux-tu t'amuser avec les autres enfants, Terry ? Ils jouent à « Jacques a dit », expliqua l'aînée, Gina.

— En italien ? s'inquiéta Cesare, qui commençait à comprendre les difficultés que rencontrerait sa fille.

— C'est le meilleur moyen d'apprendre, intercéda Marine. Viens, Terry, essayons.

Les petits étaient assis en demi cercle autour de Gina. A chacune de ses instructions, les bambins essayaient d'obéir le plus vite possible avec force rires.

— « *Simon dice* » signifie Jacques a dit, expliqua Marine à mi-voix. Maintenant, tâchons de comprendre le reste...

Les enfants posèrent tous la main sur la tête.

— ... *Capo* doit vouloir dire tête... et *bocca* est la bouche. Qu'en dis-tu, Terry ? Tu as déjà appris deux mots !

A la fin du jeu, on présenta la petite nouvelle aux autres. Terry fut toute intimidée d'être le centre d'intérêt.

— Veux-tu rester avec nous, Theresa ? demanda Elena Tarantino d'un ton engageant. Nous allons bientôt boire du lait et manger des gâteaux, et ensuite nous recommencerons à jouer.

La fillette était visiblement tentée, mais pas assez pour abandonner toute prudence. Elle prit la main de Marine.

— Resterais-tu avec moi ?

— Très volontiers, si Miss Tarantino est d'accord.

Elle ne s'était pas attendue à ce que la petite accepte si facilement. C'était déjà beaucoup.

— Bien sûr, acquiesça Elena. La plupart des enfants sont un peu inquiets au début.

Cesare fronça les sourcils.

— Vous ne pouvez pas passer la journée ici, objecta-t-il.

— En général, les petits n'ont plus besoin de leur mère après le déjeuner, le rassura la maîtresse.

— N'ayez crainte, je n'en profiterai pas pour soumettre Terry à mon influence diabolique, renchérit Marine à mi-voix.

— Je m'inquiétais en fait de votre bien-être,

répliqua Cesare sur le même ton. Sans doute un moment d'égarement de ma part... Signorina Tarantino, je reviendrai chercher ma fille et Miss Gayle cet après-midi. Si Theresa décide de rester dans votre école, vous ne devrez la confier à personne d'autre qu'à moi. Est-ce bien compris ? A personne !

— Certainement, comte Branzini. Nous vivons une époque si troublée, vous avez raison de vous entourer de toutes les précautions.

La matinée se passa fort bien. Loin d'être un handicap, le fait que Terry ne parle pas italien se révéla un atout précieux : elle fut vite entourée d'une troupe de bambins qui lui apprenaient de nouveaux mots dont elle leur donnait la traduction dans sa langue. La petite fille ne cherchait plus du tout la protection de Marine, et celle-ci se tint le plus possible à l'écart. A midi, elle aida les deux sœurs à dresser la table.

— Il serait bon que vous la laissiez maintenant, dit Gina. Ainsi ce sera plus facile demain.

Marine acquiesça. Avant de partir, elle s'approcha de Terry.

— J'ai quelques courses à faire, lui dit-elle d'un ton tout naturel. Je vais y aller pendant que tu déjeunes.

La fillette connut un moment de frayeur.

— Mais tu reviendras ?

— Bien sûr ! Je viendrai te chercher à la sortie.

— Ah bon. Alors d'accord.

Marine se sentit infiniment légère quand elle se

retrouva dans la ruelle, seule, libre de son temps.
Pour la première fois depuis son arrivée, elle
n'avait pas à redouter que Cesare surgisse inopi-
nément, suscitant en elle un trouble qu'elle dominait mal.

Brusquement, une idée la traversa : si elle
partait ? Elle pourrait rentrer au palais, rassem-
bler rapidement ses effets, et quitter Venise sans
que Cesare puisse l'en empêcher ! Elle serait à
tout jamais débarrassée de ce comte arrogant et
insupportable...

Mais il y avait Terry. Elle ne pouvait pas la
laisser. D'autant qu'elle avait promis de revenir
la chercher. Si elle lui faisait faux bond, la petite
n'aurait plus jamais confiance en un adulte. Elle
devait rester.

Inexplicablement, cette décision ne lui pesa
nullement. Bien au contraire, elle se sentit particulièrement gaie tandis qu'elle s'engageait dans
une petite rue qui longeait un canal. Comme elle
se rapprochait du centre ville, elle s'aperçut
qu'elle avait faim. Elle déjeunerait dans un des
petits restaurants de la place Saint-Marc.

Elle déambulait le long des terrasses à la
recherche d'une table libre, quand une voix
masculine s'éleva juste derrière elle.

— Si vous voulez manger, je connais une
excellente trattoria.

C'était Ron Schiller.

— Décidément, vous me suivez ! s'exclama
Marine...

En voyant l'inquiétude se peindre sur son visage, elle rit.

— Ou alors c'est le destin, ajouta-t-elle. Comme vous l'affirmiez vous-même.

L'Américain se détendit.

— Cela vous apprendra à sous-estimer les étoiles. Elles sont visiblement de mon côté ! Je m'apprêtais à déjeuner. Acceptez de vous joindre à moi, je vous en prie.

Il n'y avait pas de raison de refuser.

— Où est votre jeune amie aujourd'hui ? s'enquit le jeune homme comme ils se mettaient à marcher.

— Terry ? A l'école.

— On a peine à imaginer qu'il y a des écoles dans cette cité d'églises et de monuments, observa-t-il avec amusement.

— Ce sont des attractions pour les touristes. Les Vénitiens mènent une existence tout à fait ordinaire.

— Même ceux qui vivent dans des palais ?

— Manifestement, puisque le comte envoie sa fille à la maternelle comme n'importe quel père de famille.

Ron n'était pas convaincu.

— Une maternelle qui s'appelle sûrement Ecole Royale des Bébés Aristocrates ! railla-t-il.

— Pas du tout, c'est la Casa di Tarantino, du nom des deux jeunes femmes qui s'en occupent.

Une brève lueur s'alluma dans les prunelles de son compagnon.

— C'est bon, je fais amende honorable. Terry n'est qu'une pauvre petite fille riche qui va à l'école tous les jours en vaporetto. Est-ce vous qui l'accompagnez ?

Marine songea tout à coup qu'il manifestait beaucoup d'intérêt pour une enfant qu'il ne connaissait même pas.

— Pourquoi me posez-vous cette question ? demanda-t-elle d'un ton un peu sec.

— J'essaie de savoir si vous êtes très occupée, expliqua Ron avec un sourire enjôleur. Si vous aviez une journée libre, nous pourrions visiter la ville ensemble. J'en ai assez de me promener seul.

La jeune fille se détendit. Les craintes absurdes de Cesare déteignaient sur elle, voilà qu'elle se mettait à soupçonner tout le monde !

Le restaurant où Ron l'amena était charmant. Ils s'installèrent dehors, au bord du canal, sur une petite terrasse bordée de géraniums. Le repas fut exquis, le vin blanc commandé par le jeune homme, aussi. Pourtant, Marine éprouva un vague malaise tout au long du repas. Ron était étrange. Il était comme un caméléon, toujours prêt à s'adapter à l'humeur de sa compagne, n'insistant jamais pour lui imposer un sujet de conversation.

— Combien de temps comptez-vous rester à Venise ? lui demanda-t-elle au dessert.

— Je n'ai encore rien décidé. Maintenant que

je vous ai rencontrée, je prolongerai peut-être mon séjour.

Elle ignora l'allusion à peine voilée.

— Ce doit être agréable d'être riche, commenta-t-elle.

— Plus que d'être pauvre, approuva-t-il.

Se trompait-elle en pensant qu'il restait délibérément dans le vague ? Elle décida de lui poser des questions plus directes. Ce n'était peut-être pas très poli, mais c'était la seule façon d'obtenir des réponses.

— Dans quelle branche travaillez-vous ? s'enquit-elle.

— Je suis dans les investissements.

— Et vous pouvez prendre autant de vacances que vous le voulez ?

— Pas en temps ordinaire, mais je relève d'une mauvaise pneumonie, et le médecin m'a recommandé de prendre un long repos.

— Comme c'est ennuyeux ! compatit la jeune fille. Dire que vous avez si bonne mine ! ajouta-t-elle en scrutant son visage bronzé.

— C'est le résultat de deux semaines d'oisiveté totale... C'est d'ailleurs pourquoi je m'ennuie tant, du reste. J'ai besoin de compagnie. Aurez-vous pitié de moi ?

— J'ai peine à croire qu'un jeune homme aussi séduisant reste seul bien longtemps.

— Oh, j'ai rencontré quelques femmes, c'est vrai, mais elles ne m'ont pas intéressé. Vous êtes différente. Vous m'avez plu dès que je vous ai vue sur la place... J'ai un aveu à vous faire : je savais quel bateau il fallait prendre pour aller à Murano. C'était juste un prétexte pour vous aborder.

— Je m'en doutais.

— Au moins, je suis sincère !

Après le déjeuner, Ron suggéra à sa compagne un tour en bateau mais elle refusa en expliquant qu'elle devait retourner chercher Terry à quatre heures.

— Allons nous promener, alors. Ce quartier regorge de boutiques intéressantes.

— J'aimerais bien trouver des cadeaux à rapporter, approuva Marine.

— C'est l'endroit idéal pour cela.

La rue dans laquelle ils se trouvaient affichait les plus grands noms de la maroquinerie. La jeune fille se serait volontiers contentée de faire du lèche-vitrines, mais Ron l'entraîna dans un premier magasin d'articles en cuir et en daim.

— Vous verrez, ils ont des prix très intéressants, assura-t-il. C'est moitié moins cher qu'aux Etats-Unis.

Marine sursauta en voyant les étiquettes. Ron et elle n'achetaient pas dans les mêmes endroits, de toute évidence ! Le moindre porte-monnaie atteignait des sommes astronomiques. Le jeune homme essaya un blouson de cuir souple à multiples passants, lanières et fermetures. Personnellement, Marine le trouvait d'assez mau-

vais goût mais son compagnon semblait conquis.
Il se contempla sous tous les angles, rajustant le
col tirant sur les manches...

— Il vous va parfaitement, signor, assura le
vendeur.

A regret, Ron ôta le vêtement.

— Je n'ai pas mon chéquier sur moi. Je repas-
serai.

— C'est une chance que vous soyez célibataire,
commenta Marine en sortant. Avec vos goûts,
vous n'auriez jamais les moyens d'entretenir une
épouse... A moins que vos investissements ne
soient particulièrement rentables.

— En affaires il faut avoir du flair et oser
prendre des risques, répondit son compagnon
avec un petit sourire énigmatique.

Sur la demande de Marine ils délaissèrent les
boutiques trop luxueuses et flânèrent dans le
quartier des verriers. Les articles en verre de
Murano étaient légion, et ils restaient à des prix
très abordables. La jeune fille fut enchantée par
les presse-papiers colorés aux formes et aux
motifs multiples. Le choix était difficile entre les
fleurs fragiles emprisonnées dans le cristal, et les
mosaïques abstraites. Enfin elle en vit un de
forme ovale dans lequel de délicats rubans roses
et bleus tourbillonnaient.

— Je veux celui-ci ! déclara-t-elle sans hésitation... Mais je ne sais pas si j'aurai le cœur de
m'en séparer !

Ron hocha la tête, compréhensif.

— Ils en ont beaucoup d'autres, prenez votre temps.

Votre temps... Marine consulta machinalement sa montre, et poussa un cri.

— Mon Dieu ! Je ne m'étais pas rendu compte qu'il était si tard ! Il faut que je me sauve !

— Marine, attendez !... Quand vous reverrai-je ? demanda son compagnon en la retenant.

— Je ne sais pas, Ron, je n'ai pas le temps d'y réfléchir maintenant. Je suis terriblement en retard, expliqua-t-elle en payant rapidement le bibelot.

— Demain au Lido ?

— Peut-être, ce n'est pas sûr.

Elle imaginait les larmes de Terry, la fureur de Cesare. Jamais elle ne s'était sentie aussi coupable de sa vie.

Ron resserra les doigts autour de son poignet.

— Je ne vous laisserai pas partir avant d'avoir votre promesse.

Elle poussa une exclamation impatientée.

— C'est bon ! Je viendrai !

L'école était plus loin qu'elle ne s'en souvenait. Courant presque, Marine refit en sens inverse le trajet qu'elle avait accompli en flânant. Elle était hors d'haleine quand elle arriva enfin, rassemblant tout son courage pour affronter les foudres de Cesare.

Une surprise l'attendait. Cesare était bien là, debout à l'entrée de la cour, le corps tendu à l'extrême et les poings serrés ; mais au lieu d'une

Terry secouée de sanglots, c'est une petite fille hilare que Marine aperçut : la fillette jouait avec Elena et un petit garçon en riant aux éclats.

— Dieu merci ! murmura Marine en laissant échapper un soupir de soulagement.

En l'entendant, le comte fit volte-face. Plusieurs émotions modifièrent son expression. Il contempla la jeune fille un moment sans dire mot.

— Vous êtes revenue, souffla-t-il enfin.

— Je suis désolée, je n'ai pas vu le temps passer. Je ne m'étais pas rendu compte que je m'étais tellement éloignée, expliqua-t-elle dans un flot haché.

— Où étiez-vous ?

— Je suis sortie faire quelques courses. Terry avait l'air de bien s'amuser, nous avons jugé préférable que je m'éloigne, balbutia Marine en se détestant de prendre la peine de se justifier.

Quelle faute avait-elle commise après tout ? Elle était un peu en retard, cela n'avait rien de si épouvantable !

Cesare se tourna à nouveau vers la cour.

— Oui, elle s'adapte bien. Votre idée de la mettre à l'école était bonne.

Le soulagement rendit Marine rancunière.

— C'est votre façon de me remercier, j'imagine ?

— Quelle autre récompense escomptiez-vous ? lança Cesare en retrouvant aussitôt sa sévérité.

C'était inimaginable ! Ils arrivaient à se disputer même quand ils étaient d'accord !

— Je veux un sauf-conduit pour quitter la zone des combats ! riposta la jeune fille en serrant les poings.

Son compagnon ne s'emporta pas comme elle s'y était attendue. Il se contenta de la dévisager pensivement.

— Vous auriez pu partir aujourd'hui. Qu'est-ce qui vous a retenue ?

— C'est ce que vous auriez fait à ma place, n'est-ce pas ? Vous n'auriez pas pensé à Terry une seule seconde !

— C'est pour cette raison que vous êtes restée ? demanda-t-il en s'approchant.

Sa proximité troublait tant Marine qu'elle dut se contenir pour ne pas reculer.

— Et pour quelle autre ? Pour pouvoir profiter plus longtemps de votre charmante hospitalité ?

Posant la main sur sa joue rose, Cesare plongea son regard dans le sien.

— J'ai été dur avec vous, petite Marine...

Le contact de sa paume la brûlait.

— Ça n'a pas été des vacances de rêve, convint-elle aigrement.

— Nous tâcherons d'y remédier, promit-il d'une voix douce.

— Vous n'avez plus besoin de moi ! affirma la jeune femme avec véhémence. Terry aime cette école, elle commence déjà à apprendre l'italien, elle finira par aimer Venise.

— Et moi, finira-t-elle par m'aimer ? murmura le comte, un pli amer sur les lèvres.

— Cela ne dépend que de vous, répondit Marine sans animosité. Ne la bousculez pas, laissez-lui le temps. Et surtout, cessez de perdre votre sang-froid devant elle.

Un sourire sans joie incurva la bouche bien modelée du jeune homme.

— Voilà pourquoi vous devez rester : j'ai besoin que vous me le rappeliez.

Elle secoua la tête.

— En général, c'est à cause de moi que vous vous mettez en colère.

— Et vous n'y êtes pour rien ? la taquina-t-il.

— Si, peut-être un peu, concéda-t-elle. Mais vous êtes si arrogant !

— Et vous si entêtée ! riposta-t-il avec un amusement croissant.

— Vous voyez ! Nous allons encore nous quereller !

Au bout du doigt, Cesare lui frôla la joue.

— Je ne le pense pas, nia-t-il. Je crois avoir trouvé le moyen de m'entendre avec vous.

— Quel est-il ?

Marine ne l'apprendrait pas ce jour-là : Terry arriva en courant sur ses entrefaites et l'enlaça fougueusement.

— Je t'avais dit qu'elle reviendrait ! triompha-t-elle en regardant son père.

— Tu avais raison, mon petit. Rentrons à la maison.

Sur le chemin du retour, Terry babilla sans relâche, mais elle s'adressa exclusivement à Marine et en montant sur le bateau, elle prit soin de choisir le siège le plus éloigné de son père. Cette attitude irrita Marine. Quels qu'aient été les torts du comte dans le passé, il était visiblement dévoué à sa fille maintenant. Pourquoi Terry ne faisait-elle pas un effort ? D'accord, elle était une enfant. Néanmoins, la jeune fille se promit d'avoir une longue discussion avec elle.

Cesare fit de son mieux pour dissimuler ses sentiments tant qu'ils furent sur le bateau, mais quand ils accostèrent et que Terry courut dans la maison pour raconter sa journée à Federico, il se retira dans son bureau sans un mot.

De plus en plus déterminée, Marine entraîna la fillette à l'étage. Dans sa préoccupation, elle crut un instant s'être trompée de chambre quand elle poussa la porte de Terry. Disparus le lit à baldaquin et les meubles anciens, envolée l'énorme armoire... Les lourdes tentures avaient été remplacées par de légers voilages d'organdi, un mobilier de bois peint en couleurs vives occupait maintenant l'espace, métamorphosant la pièce.

— Que c'est joli ! N'est-ce pas Terry ?

— Oh oui !

L'enfant courut vers les étagères basses pour prendre ses nouveaux jouets.

— Ton papa est vraiment gentil de t'avoir acheté toutes ces belles choses, insista Marine.

Terry s'assit en tailleur sur le lit et disposa les poupées en demi-cercle autour d'elle.

— Celle-ci s'appellera Marine, et celle-là Elena, et celui-là Freddy.

— A laquelle donneras-tu le nom de ton papa ?

Le visage boudeur, la petite ignora la question.

— Et celle-là, Cindy. C'est ma meilleure amie, chez moi.

— Ta maison est ici, souligna posément Marine. Ton papa s'est donné beaucoup de mal pour te faire plaisir. Tu devrais descendre le remercier.

— J'ai peur de lui. Il me gronde.

— Ce n'est pas vrai, il n'a jamais élevé la voix pour te parler.

— En tout cas il te gronde, toi.

Cela, Marine ne pouvait pas le nier.

— Il lui arrive de s'impatienter, mais je n'ai pas peur de lui, et tu n'as pas à le redouter toi non plus... Il a très envie que tu l'aimes, ajouta-t-elle encore comme la petite gardait les yeux baissés.

— Je ne veux pas !

— Tu pourrais commencer par l'aimer un petit peu. Ce n'est pas juste d'accepter tous ses cadeaux et de ne rien lui donner en retour.

Terry eut l'air perplexe.

— Je n'ai rien.

— Oh si, mon poussin. Tu rendrais ton papa très heureux si tu le remerciais de t'avoir offert tout ça. Tu pourrais aussi lui dire que tu t'es bien amusée aujourd'hui.

— Il le faut vraiment ? soupira la fillette.

— Non, mais ce serait gentil. Et cela me ferait plaisir.

Il y eut un très long silence.

— D'accord, céda enfin Terry. Mais seulement si tu viens avec moi.

Elle tenait fermement la main de Marine quand elles frappèrent à la porte du bureau. Cesare leur dit d'entrer d'une voix rauque ; elle resserra son étreinte.

Assis derrière une grande table d'acajou, le comte était impressionnant. Il ne se dérida nullement en les voyant.

— Terry a quelque chose à vous dire, annonça Marine en s'efforçant de sourire.

Seigneur ! Ne pouvait-il pas s'amadouer un peu ?

— Qu'y a-t-il, Theresa ?

Au bout d'un silence interminable, elle se lança :

— Merci pour les jouets... et pour le reste, récita-t-elle sans aucune conviction.

— Il n'y a pas de quoi, répondit Cesare, plus sombre que jamais.

Terry interrogea Marine du regard.

— Et tu t'es bien amusée aujourd'hui, lui souffla celle-ci.

D'un bond, le jeune homme se leva.

— Cessez cette comédie ! tempêta-t-il. J'ai bien compris que cette idée était de vous !

— Je lui rappelle simplement ce qu'elle voulait dire. Elle était vraiment enchantée de sa nouvelle chambre.

— A tel point qu'elle n'a pas pu attendre pour venir me remercier ! railla Cesare, sarcastique.

— Tu vois ? Je t'avais bien dit qu'il crierait ! commenta Terry, mi-effrayée, mi-satisfaite. Puis-je m'en aller s'il te plaît ?

— Oui, sors, acquiesça la jeune fille en fixant le comte... Je croyais que vous vouliez garder votre sang-froid dorénavant ! explosa-t-elle sitôt la porte refermée. Vous devriez être content que votre fille veuille vous dire merci !

— Me prenez-vous donc pour un imbécile ? Suis-je censé être reconnaissant des miettes que vous daignez me donner ?

— *Moi ?* Qu'ai-je à y voir ?

— Etes-vous satisfaite de votre démonstration ? Vous avez tout pouvoir sur ma fille. Vous pouvez même la convaincre d'être polie avec un père qu'elle déteste. C'est un beau tour de force, je le reconnais, mais n'attendez pas de remerciements de ma part.

— C'est le dernière chose que j'attendrais de vous ! Vous exagérez, Cesare. D'accord, c'est moi qui lui ai suggéré de descendre. Mais c'est parce que j'avais de la peine pour...

Elle s'arrêta net.

— Pour moi ? compléta Cesare.

Il se redressa de toute sa taille, digne et imposant.

— ... Il ne faut pas, Miss Gayle. Gardez votre pitié, tout n'est pas encore joué.

Chapitre 5

Marine supposa que Cesare avait dû quitter le palais après leur querelle, comme il l'avait fait la veille. Tant mieux ! elle n'aurait pas à endurer tout un repas en sa compagnie !

Comment se passait le repas du soir ? Bien qu'arrivée depuis trois jours, la jeune fille n'avait pas encore eu l'occasion de l'apprendre. Fallait-il s'habiller ? Federico serait-il là ou mangerait-elle seule ? Et à quelle heure ? Terry dînait de bonne heure, à la cuisine. Elle s'entendait très bien avec la gouvernante, et Marine les laissait en tête à tête pour habituer la petite fille à se passer de sa présence.

Après un long bain, Marine se vêtit d'une jupe de lin blanc et d'un chemisier soyeux de la couleur de ses yeux. Comme il était encore tôt, elle passa plus de temps que de coutume à se maquiller et à se coiffer. Après avoir essayé plusieurs coiffures, elle ramassa ses longues

mèches brunes en un chignon haut d'où s'échap-
paient des boucles folles.

Le résultat était vraiment plaisant, mais
Marine se sentit soudain découragée : qui vou-
lait-elle séduire ? Chassant ces idées sombres, elle
décida de descendre. Peut-être trouverait-elle
Federico au salon.

La grande salle de séjour était vide ; elle se dirigea donc vers le bureau attenant. C'était une pièce
plus petite, aux murs lambrissés et au parquet
recouvert de tapis orientaux. C'était un endroit chaleureux... du moins quand Cesare n'y était pas.

En entendant la voix de Federico, la jeune fille
retrouva sa gaieté.

— Federico, cela vous ennuie-t-il si...

Elle s'immobilisa sur le seuil. Le jeune homme
était effectivement là... en compagnie de Cesare.

— Je croyais que vous étiez sorti, laissa-t-elle
échapper.

Le comte la détailla avec insolence des pieds à
la tête, laissant son regard s'attarder sur ses seins
ronds.

— Je me doutais bien que tant de beauté
n'était pas pour moi.

Marine serra les dents et ravala une réplique
acerbe. A quoi bon ? Elle tourna les talons.

— Marine, attendez ! la rappela Federico.
Venez boire un verre avec nous !

— Non merci, j'aurais trop peur d'être empoi-
sonnée !

— N'ayez crainte, c'est un autre sort que je vous réserve, rétorqua Cesare avec un petit rire.

Son cadet soupira.

— Je t'en prie, la signorina est notre invitée.

— Vous êtes le seul à le croire encore, intervint la jeune fille.

— Auriez-vous à vous plaindre de votre installation ? s'étonna le comte avec une courtoisie exagérée.

— Non merci, ma cellule est très confortable, monsieur le gardien !

Le regard de Federico alla du petit visage furieux de Marine à celui, empreint de dérision, de son frère.

— Que puis-je vous offrir à boire ? demanda-t-il d'une voix conciliante.

Cesare s'attendait à ce qu'elle refuse ; elle ne lui donnerait pas cette satisfaction.

— La même chose que vous, dit-elle en s'installant le plus loin possible de son hôte.

Le pauvre Federico cherchait désespérément un sujet de conversation neutre. Sa décision de parler du temps ne fut pas un bon choix :

— Nous avons de la chance qu'il fasse si chaud, observa-t-il. D'ordinaire il fait moins beau à cette époque de l'année.

— Oui, la température est très agréable, approuva Marine. D'ailleurs, j'avais envie d'aller passer la journée sur la plage du Lido, demain... Si j'en ai l'autorisation, bien sûr, ajouta-t-elle à l'intention de Cesare.

— Je n'y vois pas d'inconvénient, répondit celui-ci. A condition que vous soyez de retour à quatre heures. Voulez-vous que je vous prête une montre ?

— Non merci, je ne voudrais pas qu'on m'accuse de l'avoir volée.

Federico intervint précipitamment.

— Si je ne travaillais pas, je vous aurais volontiers accompagnée.

— Que faites-vous au juste ? s'enquit la jeune fille, s'apercevant soudain qu'elle ignorait d'où venait la fortune des Branzini.

— Cesare me fait passer dans toutes nos entreprises afin que j'aie une idée d'ensemble. En ce moment je m'occupe de nos vignes, et des mines.

— S'agit-il de raisin de table ou de vignobles à vin ?

— Vous connaissez donc la différence ? s'étonna le jeune homme, admiratif.

— Nous commençons à produire du vin en Californie, expliqua-t-elle.

Ils se mirent à discuter des qualités comparées des crus américains et italiens. Cesare resta à l'écart de la conversation, mais sans que cela crée de gêne. Marine se sentait tout à fait détendue quand ils furent invités à passer à table. Federico était un véritable diplomate, habile à écarter tout sujet dangereux. Sa tâche n'était pas aisée, cependant. A deux ou trois reprises, la trêve entre Marine et Cesare faillit bien voler en éclats. Et leur « médiateur » en fut le responsable involontaire une fois.

Marine relatait son déjeuner avec enthousiasme :

— Nous avons des restaurants au bord de l'eau en Californie, mais c'est incomparable. Quel plaisir de voir tous ces bateaux, toute cette activité !

— Oui, c'est un spectacle fort agréable. Mais il est regrettable que vous n'ayez eu personne avec qui le partager. Il faut être deux pour vraiment apprécier Venise, déclara Federico.

— En fait... je n'étais pas tout à fait seule.

Sans savoir pourquoi, elle répugnait à mentionner sa rencontre avec Ron.

Les deux hommes furent tous deux surpris par cette réflexion. Cesare commenta :

— J'ignorais qu'il y avait différentes façons d'être seul.

— C'est tout simplement... j'ai rencontré quelqu'un par hasard.

Le comte eut une expression réprobatrice.

— Vous êtes bien imprudente de lier connaissance avec des étrangers !

— Ce n'était pas vraiment un étranger, j'ai fait sa connaissance le jour de mon arrivée.

— C'est l'Américain du casino ? demanda Federico.

— Oui, c'est lui.

Le regard de Cesare devint froid comme le métal.

— Vous lui aviez donné rendez-vous pour aujourd'hui ?

Marine sentit la colère sourdre en elle.

— Non, nous nous sommes croisés par hasard. De toute façon, je ne vois pas en quoi cela vous regarde, articula-t-elle.

— Miss Gayle, votre sécurité me concerne tant que vous êtes mon invitée.

— Votre sollicitude me touche, mais je puis prendre soin de moi-même, répliqua Marine d'un ton acide.

— Le fait qu'il soit votre compatriote le met automatiquement au-dessus de tout soupçon ? railla Cesare.

— De quoi devrais-je le soupçonner ? Nous sommes deux Américains à l'étranger, il m'a invitée à déjeuner et j'ai accepté. Je ne vois rien de particulièrement inquiétant là-dedans.

— Marine a raison, intervint Federico. Félicitons-nous qu'elle ait trouvé un compagnon, puisque nous ne pouvons pas lui montrer la ville nous-même.

— Ne vous sentez pas tenus de me divertir, le rassura Marine. Même s'il est vrai que j'apprécierais beaucoup *votre* compagnie.

Elle avait délibérément souligné le mot. Cesare saisit l'allusion.

— Je suis navré de ne pouvoir libérer Federico pour qu'il vous serve de fidèle escorte, s'excusa-t-il d'un ton moqueur. Malheureusement, il est plus nécessaire au bureau qu'auprès de vous.

Son cadet sourit.

— Jamais je n'avais été aussi populaire ! plaisanta-t-il.

— Vous êtes trop modeste, répondit spontanément Marine.

— Comme c'est charmant ! Vous devriez fonder une société d'admiration mutuelle ! railla Cesare.

— Tu pourrais en faire partie si tu changeais tes manières, riposta gentiment son frère.

— Je ne crois pas réussir à changer l'opinion que notre invitée a de moi, quoi que je fasse.

— Vous pourriez au moins essayer, cela nous permettrait de nous tolérer l'un l'autre, suggéra la jeune fille.

— Et vous, Marine, accepteriez-vous de faire un effort ?

Quand il la regardait avec ce sourire désarmant, elle avait du mal à retenir ses griefs contre Cesare.

— Oui, très volontiers, murmura-t-elle.

— Je suis heureux que nous ayons résolu ce problème avant demain soir, commenta Federico.

Son frère se tourna vers lui.

— Demain soir ?

— Notre cousine Roberta a téléphoné pour nous inviter à dîner. Toute la famille sera réunie.

— Certainement pas, répliqua promptement Cesare. Transmets mes regrets à notre chère cousine.

— Il faut que tu viennes, Cesare. Ils veulent faire la connaissance de Theresa.

— C'est hors de question. Je ne veux pas infliger à cette enfant une maisonnée entière de bavardes qui lui poseront mille questions qu'elle ne comprendra même pas.

— Elles ne feront rien qui puisse lui être désagréable, objecta doucement son cadet.

— Peut-être pas intentionnellement, mais le résultat sera le même. Non et non, elles devront contenir leur curiosité jusqu'à ce que Theresa parle les rudiments de notre langue.

— Sois raisonnable, Cesare. Tu ne peux pas la cacher indéfiniment ! Elle est ta fille, elle sera accueillie à bras ouverts.

Marine savait intuitivement que le refus de Cesare n'avait rien à voir avec ces prétextes. Il ne voulait pas dévoiler à sa famille que sa propre enfant le rejetait. Elle le comprenait de tout cœur, mais elle savait qu'il ne supporterait pas la moindre marque de compassion.

— Si tu ne l'emmènes pas chez Roberta, ils viendront tous séparément à la maison. Mieux vaut en passer par là une fois pour toutes, argumenta posément Federico.

— Tu as raison, soupira son frère... Je vous tiendrai pour responsable de la conduite de Theresa, ajouta-t-il à l'adresse de Marine.

— Vous voulez que je vienne ? s'exclama celle-ci, stupéfaite. Mais c'est une réunion de famille, je n'y ai pas ma place !

— Vous savez pertinemment que Theresa ne va nulle part sans vous, répondit-il amèrement. N'en profitez pas pour faire étalage de votre influence, demain.

C'en était trop ! La compassion de Marine se dissipa en un instant.

— Ce ne sera pas nécessaire, susura-t-elle. Si vous êtes aussi charmant qu'à l'accoutumée, Terry s'en chargera pour moi.

Cesare étouffa une imprécation et se leva en repoussant brutalement sa chaise.

— Excusez-moi, j'ai un rendez-vous, grommela-t-il en sortant de la pièce.

Federico soupira.

— Ce n'était pas très gentil de votre part, dit-il à Marine.

— Il l'a bien mérité ! Pourquoi aurait-il le droit de me traiter comme il le fait ?

— Il n'en a pas le droit, mais il souffre. Il aime tant Theresa ! Il ne supporte pas de voir comme elle le fuit.

— C'est de sa faute. Je lui ai dit qu'il devait se dominer, il m'a même donné raison, mais il ne change pas.

— Enfin ! Nous verrons bien, soupira encore Federico.

Marine se retira tôt dans sa chambre, prétextant la fatigue. En fait, elle était surtout nerveusement épuisée. Elle se déshabilla et se mit au lit, dans l'intention de se détendre en lisant un bon livre.

Hélas, elle ne parvint pas à se concentrer sur sa lecture. Ses pensées ne cessaient de la ramener au dîner du lendemain. Elle frémissait d'horreur à l'idée de ce qui se passerait. Terry se cacherait derrière elle, elle ne parlerait de son père qu'en disant « il », ou « lui », et le cœur de Cesare saignerait. Non pas tant à cause des témoins, mais parce qu'il aimait sa fille et qu'il ne savait pas comment l'en convaincre.

Marine jeta soudain son roman et se leva pour arpenter la pièce. Maudit soit-il ! Pourquoi ne pouvait-elle pas continuer à le détester ? Pourquoi fallait-il qu'elle s'émeuve ? Tant pis pour lui s'il était trop têtu pour accepter les conseils. Qu'il supporte donc les conséquences de ses actes !

... Elle savait qu'elle ne pourrait pas rester sans réagir.

Comment obtenir de Terry qu'elle se conduise en fille affectueuse ?... Ou en tout cas lui faire dissimuler son aversion ?

Après avoir beaucoup marché et beaucoup réfléchi, Marine élabora un plan. Il n'éliminait pas tous les risques, mais si Cesare acceptait de coopérer un peu, on éviterait la catastrophe. Cette fois, il faudrait qu'il garde un calme parfait, songea la jeune fille en serrant les dents.

Marine s'attendait à ce que Cesare relance les hostilités quand elle descendit le lendemain, mais elle se trompait. Il l'accueillit avec un sourire pâle.

— Federico affirme que je me suis mal conduit hier soir.

— Federico a raison, répondit la jeune fille en dépliant sa serviette.

— Pensez-vous que nous réussirons une fois à passer toute une soirée ensemble sans nous quereller ?

— J'en doute.

— Cela ne vous tente pas ?

Marine posa sa tasse de café et le regarda droit dans les yeux.

— C'est vous qui avez commencé hier soir, pas moi.

— C'est bien possible, concéda le jeune homme. Les étincelles jaillissent chaque fois que nous nous voyons, je ne saurais dire ce qui déclenche nos disputes.

— Moi si, répliqua froidement Marine. D'abord vous vous êtes moqué de moi, puis vous m'avez menacée, et enfin vous êtes parti en tempêtant, comme d'habitude.

— Je suis désolé. J'aimerais apprendre à vous plaire, assura-t-il.

Une image se forma dans l'esprit de Marine. Une image... absurde. Elle voyait une chambre inondée de soleil, un lit défait, le torse nu de Cesare, elle-même, nue, blottie contre lui...

Elle repoussa son assiette.

— Je n'ai plus faim.

— Ce n'est pas à cause de moi, j'espère ? se

récria le jeune homme avec une lueur d'amusement dans les yeux.

Le monstre ! On jurerait qu'il avait lu dans ses
pensées ! Marine frémit à cette idée.

— Laissez-moi me racheter en vous invitant à
déjeuner, proposa-t-il.

— Ce n'est pas nécessaire, je...

— Je ne m'y sens pas obligé, cela me ferait
plaisir, insista-t-il d'une voix très douce. Marine,
s'il vous plaît ?

Comme elle contemplait l'homme si séduisant
qui lui faisait face, Marine sentit le regret lui
étreindre le cœur. Si seulement il était sincère !
Mais il essayait seulement de l'amadouer en
prévision de la soirée chez sa cousine... Cesare et
elle ne pouvaient pas pactiser, ils étaient comme
le feu et le bois sec : il ne fallait à aucun prix les
mettre en contact.

— Je suis désolée, je suis déjà prise pour le
déjeuner, dit-elle.

La bouche de Cesare se serra en une ligne très
mince.

— Avec votre ami américain ?

— Oui.

Elle redressa le menton, prête à affronter
l'orage.

— Très bien, s'inclina le jeune homme avec
indifférence, confirmant ainsi les soupçons de
Marine... Pouvez-vous monter voir ce que fait
Theresa ? J'ai un rendez-vous ce matin.

Quand Cesare les déposa devant l'école, Terry

courut à l'intérieur. Il ne lui avait pas fallu longtemps pour s'adapter à son nouvel environnement. Pourquoi n'y arrivait-elle pas à la maison ? se demanda Marine avec une pointe de désespoir. Si cette situation se prolongeait trop, elle ne répondait plus de rien.

Il fallait qu'elle s'éloigne de Cesare, elle n'avait plus aucune prise sur ses propres sentiments. Le jeune homme avait beau l'agacer, l'enrager même, elle se sentait abandonnée chaque fois qu'il partait. Que lui arrivait-il donc ? L'attirance qu'elle ressentait pour lui était déjà bien assez problématique ; éprouver quelque chose de plus profond serait pure folie.

Il devint très vite évident que Terry n'avait pas besoin d'elle ce matin-là. Aussi Marine prit-elle congé rapidement. Elle se retrouva dans les ruelles de Venise, désœuvrée, indifférente à tout.

Cela ne lui ressemblait pas. Au prix d'un effort, elle se ressaisit. Elle avait dit à Cesare qu'elle déjeunait au Lido par défi. Après tout, pourquoi pas ? Elle n'avait pas envie de se promener, il faisait chaud...

Après un bref crochet par le palais pour enfiler un maillot de bain sous sa robe, la jeune fille prit le bateau pour l'île. Elle ne savait pas si elle rencontrerait Ron, mais c'était sans importance. Elle trouverait bien quelqu'un avec qui bavarder sur la plage, c'était tout ce qu'elle souhaitait.

Un rapide tour d'horizon ne lui ayant pas permis de localiser le jeune homme, Marine s'installa sur le sable en poussant un soupir d'aise. Enfin un moment à elle ! Le soleil lui caressait la peau, le ressac la berçait, elle ferma les paupières.

— Marine ?

Elle entrouvrit un œil.

— Bonjour, Ron.

— Je vous ai reconnue de loin ! Vous êtes la plus jolie fille de cette plage. Pourquoi ne m'avez-vous pas dit que vous viendriez si tôt ?

— Je ne le savais pas moi-même, expliqua-t-elle. Hier j'ai dû tenir compagnie à Terry jusqu'à midi, mais aujourd'hui c'est à peine si elle m'a dit au revoir avant de courir rejoindre ses camarades ! Elle s'adapte très vite, c'est merveilleux.

Un pli barra le front de Ron, et disparut aussitôt.

— Elle commence à se plaire à l'école ?

— Oui, beaucoup.

— Est-ce à dire que vous n'irez plus l'accompagner tous les jours ?

— Pourquoi me demandez-vous cela ?

Il lui sourit d'un air complice.

— Si vous êtes libre, nous pourrons passer des journées entières ensemble... et même des soirées.

Marine se redressa sur son séant et le dévisagea froidement.

— Est-ce pour vous la conclusion inéluctable de deux déjeuners ?

— Ce n'est pas ce que je voulais dire, protesta Ron.

— Mieux vaut mettre certains points au clair, insista la jeune fille, nullement convaincue. Si vous êtes à la recherche d'une liaison de vacances, vous perdez votre temps.

— Pas du tout ! C'est-à-dire... Vous êtes très jolie, et je ne trouverais pas déplaisant de vous faire la cour, mais je ne vous ai pas invitée pour cela. J'apprécie vraiment votre compagnie.

Il paraissait si désolé de la tournure prise par les événements que Marine se radoucit.

— C'est bon, je voulais être sûre qu'il n'y avait aucun malentendu.

— Et vous avez raison. Puisque nous sommes d'accord, faisons plus ample connaissance à présent, déclara Ron, soulagé.

— Excellente idée. Vous ne m'avez même pas dit d'où vous veniez.

Son compagnon devint soudain inexpressif.

— Je suis né à Cincinatti.

— Et vous y vivez toujours ?

— Non, je me suis installé plus à l'ouest.

— Où donc ?

— A Los Angeles, répondit-il du bout des lèvres.

Décidément, il ne tenait pas à lui donner de précisions. Craignait-il qu'elle ne cherche à le revoir ? pensa-t-elle soudain, vivement amusée. C'était bien possible ! Il lui faisait l'effet d'un homme assez vaniteux. Il devait redouter d'éveil-

ler en elle un amour éperdu... surtout s'il avait
une épouse qui l'attendait à la maison !

— A Los Angeles ! s'exclama-t-elle avec un
enthousiasme exagéré. Moi aussi ! Dans quel
quartier êtes-vous ?

— Je ne suis pas à Los Angeles même, maugréa
Ron en s'agitant nerveusement.

— Ah non ? Dans la banlieue alors ? Laquelle ?

— A San Fernando.

Cette réponse surprit Marine. C'était très loin
de la ville.

— Mais vous devez vous lever à l'aube ! commenta-t-elle.

— Pourquoi ?

— La bourse ouvre à neuf heures à New York.
Vous devez donc être à votre bureau dès six
heures à cause du décalage horaire, si je ne
m'abuse ?

— Oh, ah ! Oui, je n'avais pas compris...

Il se leva en époussetant son pantalon.

— ... Comme il fait chaud ! Si cela ne vous
ennuie pas, je vais rentrer me changer à l'hôtel.
Je reviens tout de suite.

Marine le suivit des yeux, pensive. Elle n'avait
pas besoin d'être un génie pour comprendre qu'il
lui avait menti : il n'était pas courtier en bourse.
Quel pouvait être son métier ? Elle s'amusa à lui
en inventer dix en attendant son retour.

Ron réapparut bientôt, an maillot blanc bordé
d'une rayure bleu et jaune, assorti à son blouson,
à ses sandales et à son sac de plage. La jeune fille

dissimula à grand-peine un sourire devant tant de coquetterie.

— J'ai rarement vu un homme aussi soucieux de son habillement, commenta-t-elle simplement.

— L'apparence est très importante, assura son compagnon. Les gens vous jugent dessus.

— Et il leur arrive de se tromper, murmura-t-elle, ironique.

— C'est possible, mais quand on a pas un titre de noblesse comme votre fameux comte, une bonne tenue est très utile. Bien habillé, j'ai mes entrées partout, se vanta le jeune homme.

— A quoi cela vous avance-t-il?

— Vous plaisantez? Moi aussi j'aime être servi, choyé, respecté! « Votre table est prête, comte Branzini. Puis-je faire autre chose pour vous, comte Branzini? » mima-t-il d'une voix obséquieuse. Il ne vaut pas mieux que moi, mais ce qui fait la différence c'est l'argent!

Ron avait les joues colorées, le regard enflammé d'une ferveur malsaine.

— Il travaille, vous savez, objecta la jeune fille, mi-intriguée, mi-mal à l'aise devant ce discours.

— Il a bien tort! ricana son compagnon. A sa place, je passerais mes journées sur une plage en compagnie d'une jolie femme.

S'il ne lui avait pas été indifférent, Marine aurait plaint cet homme. Ses aspirations étaient bien pitoyables... En un sens, il avait de la

chance : la fortune suffirait à le rendre heureux.
Ce n'était pas vrai pour Cesare ou elle. Cesare
avait de l'argent et elle pas mais tous deux cherchaient à accomplir quelque chose. Lui voulait
gagner l'amour de sa fille, et elle...

Elle préféra ne pas penser à ce qu'elle voulait.
Bondissant sur ses pieds, elle attrapa son peignoir.

— Je meurs de faim ! N'est-ce pas l'heure de
déjeuner ?

Chapitre 6

L'après-midi se passa plus agréablement que Marine ne s'y était attendue. Ron regrettait visiblement de s'être montré sous son vrai jour, et il déploya tous ses efforts pour effacer cette mauvaise impression.

Ils déjeunèrent sur la terrasse de l'hôtel, sous un parasol rayé orange et blanc. La salade de langouste était délicieuse, et le service suffisamment stylé pour satisfaire même Ron. Après le repas, ils se promenèrent un moment sur la jetée, puis ils retournèrent s'allonger sur le sable.

Marine s'étira, savourant ce répit. Bientôt elle retrouverait Cesare, et la tension reviendrait. De quelle humeur serait-il ? Elle ne pouvait jamais le prévoir. Ses yeux brilleraient-ils de cette petite flamme qui la troublait tant, ou seraient-ils froids et distants ?... Un soupir lui échappa, ses paupières se fermèrent et sa respiration se fit plus profonde. Ron parlait toujours...

Quand elle ouvrit les yeux, un moment plus

tard, ce fut pour découvrir un Ron éminemment blessé.

— Ce n'est vraiment pas agréable de voir son interlocutrice s'endormir au beau milieu d'une conversation, l'informa-t-il d'un ton ulcéré.

La jeune fille s'assit en bâillant.

— Je suis désolée, Ron. C'est la faute du soleil, pas la vôtre. Que me disiez-vous ? lui demanda-t-elle avec son plus beau sourire.

— Rien d'important à vos yeux, apparemment, bouda le jeune homme.

— Redites-le-moi, je vous promets d'écouter cette fois, affirma-t-elle.

— Je sais bien que je suis moins fascinant que votre comte, mais j'espérais réussir à vous distraire pendant quelques heures !

Machinalement, Marine consulta sa montre... et se leva en poussant un cri.

— Mon Dieu ! Comment se fait-il qu'il soit si tard ? J'aurais dû partir depuis une heure !

— Il ne faut pas si longtemps pour regagner Venise, protesta Ron.

— Je voulais repasser par la maison pour me changer, se désola la jeune fille en ramassant hâtivement ses affaires.

Elle se regarda avec une moue navrée. Robe de plage, sandalettes, jambes nues... elle ferait piètre figure à côté du comte toujours tiré à quatre épingles ! Tant pis, l'essentiel était d'arriver à l'heure.

Ron suivait ses préparatifs d'un œil morose.

— J'ai l'impression de sortir avec Cendrillon, maugréa-t-il. Vous prenez chaque fois la poudre d'escampette.

— On n'y peut rien...

Marine boucla son sac de plage et fit un petit signe de la main à son compagnon.

— ... Merci pour cette journée, Ron, c'était très agréable.

— Si nous recommencions demain ?

Elle songea à l'invitation de Cesare, le matin même. La réitérerait-il ?

— Je ne peux rien vous promettre.

Le jeune homme lui emboîta le pas.

— Vous préféreriez vous promener dans Venise ?

— Ce n'est pas cela, je ne suis pas encore sûre de mon emploi du temps de demain.

Il la suivit jusqu'au port en essayant par tous les moyens de lui arracher un rendez-vous. Dieu merci, la navette s'apprêtait à partir. Marine grimpa prestement à bord.

— Téléphonez-moi ! cria encore le jeune homme en regardant sans plaisir le bateau s'éloigner.

Marine savait très bien pourquoi il était déçu : en dépit de ses dénégations, il avait bel et bien espéré la séduire. Tant pis pour lui.

Le trajet lui sembla interminable, et elle courut jusqu'à l'école quand elle débarqua. Cesare était déjà là comme elle le craignait, impeccablement vêtu, bien entendu. Marine eut d'autant plus honte de sa tenue débraillée. Ne lui arrivait-il jamais de froisser ses costumes ou de se salir ?

— Je suis désolée, je n'ai pas eu le temps de passer me changer, s'excusa-t-elle.

Cesare la détailla longuement, le visage sévère.

— Comme vous avez dû regretter de devoir interrompre... ce que vous faisiez pour revenir, observa-t-il d'un ton sec.

Elle ne comprit pas tout de suite le sens caché de ces paroles :

— Eh bien en fait, je... Que faisais-je donc, à votre avis ? s'enquit-elle suspicieuse.

— Dois-je vraiment vous l'épeler ?

Du bout du doigt, il rajusta la robe de la jeune fille, à l'encolure. Marine tressaillit comme sous l'effet d'un choc électrique.

— Je n'étais pas avec un homme, si c'est ce que vous insinuez ! fulmina-t-elle. Du moins je l'étais, mais pas de cette façon ! Vous avez mauvais esprit !

Cesare arqua les sourcils ironiques.

— Vraiment ? Alors sa conversation était si brillante que vous n'avez pas vu l'heure passer ?

C'était presque comique...

— Si vous tenez à le savoir, je me suis endormie au soleil. Mon « fervent » compagnon en a été très vexé.

L'expression stupéfaite de Cesare lui procura une immense satisfaction.

— Vous me dites la vérité ?

— Je n'ai aucune raison de vous mentir, riposta Marine. Je me moque de ce que vous pensez, je voulais seulement vous prouver que vous n'avez pas toujours raison.

— Je commence à me demander si je n'ai pas toujours tort quand il s'agit de vous, commenta-t-il à mi-voix.

— Au moins vous le reconnaissez, c'est bon signe.

— Mais mon opinion ne vous importe pas, lui rappela-t-il.

Au contraire... Mais jamais elle ne le lui montrerait. Un frisson la parcourut. Cesare la mettait en colère, il la faisait rire, il lui donnait envie de pleurer, et par-dessus tout, il lui donnait le sentiment d'être vivante.

— Marine ! Viens voir mon dessin !

Terry arrivait en courant. Elle attrapa la jeune fille par la main et l'entraîna à l'intérieur de l'école. Cesare suivit à quelques pas, silencieux, ignoré de sa fille. Le cœur de Marine se serra douloureusement.

Quand ils rentrèrent au palais, elle envoya la petite fille prendre un bain.

— Je me suis déjà lavée ce matin ! protesta celle-ci avec indignation.

— Eh bien recommence. Nous sortons dîner.

— Où ça ?

— Je te le dirai plus tard, promit Marine. D'abord, j'ai à parler à ton oncle Freddy.

Quand Cesare se fut enfermé dans son bureau

et que Terry fut en haut, Marine chercha Federico. Elle le trouva au jardin.

— Vous êtes allée à la plage, je vois, dit-il en la regardant avec un sourire admiratif. Avez-vous passé une bonne journée ?

— Excellente, merci... Ecoutez, j'ai réfléchi à ce dîner de ce soir, enchaîna-t-elle sans transition. Il me semble que si Cesare donnait à Terry un petit cadeau juste avant que nous partions elle serait plus... euh... Je sais que c'est une forme de corruption et que c'est une très mauvaise méthode pour éduquer les enfants, ajouta-t-elle précipitamment mais dans ce cas précis, on pourrait peut-être faire une entorse à la règle.

— Je suis d'accord avec vous. Tout ce qui peut servir est le bienvenu... Mais que va-t-il trouver à lui acheter à cette heure-ci ?

— J'ai acheté un presse-papiers en verre de Murano hier. Il est ravissant, c'est un très joli motif en couleurs pastel ; il plaira beaucoup à Terry, j'en suis sûre.

Federico était intuitif.

— Vous êtes très généreuse de faire un tel sacrifice, murmura-t-il gentiment.

— Bah, j'en achèterai un autre, affirma-t-elle. Il faut que vous le donniez vous-même à Cesare. Et vous devez lui présenter cette idée comme venant de vous.

— Pourquoi donc ?

— Cesare serait furieux s'il savait que cela vient de moi. Il s'est persuadé que j'ai pitié de lui et il préférerait mourir sous la torture plutôt que d'accepter mon aide.

— Vous éprouvez vraiment de la compassion pour lui, n'est-ce pas ? comprit le jeune homme.

— Oui, je le suppose, reconnut Marine à contrecœur. Vous pensez donc que mon idée est bonne ?

— Elle est excellente, et je vais la mettre à exécution.

Après avoir discrètement remis le paquet à Federico, Marine prit une douche et se lava les cheveux. Elle les brossa jusqu'à ce qu'ils retombent en vagues chatoyantes sur ses épaules minces. En peignoir de bain, elle alla dans la chambre de Terry.

— Veux-tu que je t'aide à choisir une robe, mon poussin ? proposa-t-elle.

— Tu ne m'as pas dit où nous allions, répondit la petite fille, sur ses gardes.

— Nous allons faire la connaissance de tes cousins et de tes oncles et tantes.

— Pourquoi ?

— Ils sont très contents que tu sois venue vivre ici et ils veulent te rencontrer. Tu as de la chance, tu sais. J'ai toujours rêvé d'avoir une grande famille.

Terry resta pensive un moment.

— Est-ce qu'*il* sera là ?

Leurs regards se croisèrent, et Marine eut l'étrange impression d'être confrontée à Cesare. Elle pinça résolument les lèvres : puisqu'il n'avait pas réussi à triompher, elle ne laisserait sûrement pas une bambine de quatre ans lui imposer sa volonté !

— Assieds-toi, Terry, dit-elle fermement. Il est temps que nous ayons une conversation sérieuse, toutes les deux. Je t'ai déjà dit que ton père t'aime beaucoup. Si tu ne veux pas l'aimer en retour, le moins que tu puisses faire est d'avoir un peu de respect pour lui. Dorénavant je veux que tu l'appelles « papa » et non pas « il ». Est-ce clair ?

L'enfant croisa les bras et prit une mine boudeuse.

— Toi non plus tu ne l'aimes pas !

Marine sursauta.

— Tu te trompes, je l'admire beaucoup. Sinon, je n'aurais pas accepté de venir habiter ici, déclara-t-elle, horrifiée à l'idée que la petite avait senti la tension qui régnait entre Cesare et elle.

— Tu es venue pour rester avec moi, protesta Terry. Parce que tu es mon amie !

— C'est vrai, mais je commence à croire que tu n'es pas mon amie.

Des larmes apparurent dans les grands yeux noirs.

— Si je le suis !

Marine résista à la tentation de la prendre dans ses bras pour la consoler.

— J'ai renoncé à mes vacances pour te tenir compagnie parce que je pensais que cela te ferait plaisir. Ton père lui aussi a tout fait pour te rendre heureuse, mais tu passes ton temps à bouder et à te plaindre. Si tu dois être malheureuse que je sois là ou non, je ferais aussi bien de m'en aller.

— Ne pars pas Marine! Oh, ne pars pas, je ferai tout ce que tu voudras! supplia Terry en se jetant à son cou.

— Allons mon poussin, calme-toi, murmura la jeune fille en la serrant très fort. Je resterai si tu le veux. Je voulais juste t'expliquer que tout le monde serait plus content si tu étais gentille.

— Je le serai, c'est promis!

Marine était très déprimée quand elle regagna sa chambre. Elle avait eu recours à la corruption, au chantage et à l'intimidation... et tout ça pour Cesare!

Elle avait sélectionné la plus jolie robe de Terry, un petit modèle en piqué blanc brodé de tulipes rouges à l'encolure et à l'ourlet. Avec ses cheveux noirs bien brossés et retenus par un ruban rouge, on aurait dit une petite poupée.

Elle se tenait à présent devant sa penderie, se demandant quoi mettre elle-même, quand Terry entra.

— Je peux rester avec toi? demanda-t-elle timidement.

— Bien sûr. Tu vas même m'aider à choisir une robe.

Marine réprima un sourire en voyant la fillette examiner sa maigre garde-robe d'un air très sérieux. Après mûre réflexion, elle désigna un fourreau blanc, très simplement coupé, mais fort élégant avec son décolleté arrondi et sa fente sur le côté. Une ceinture rouge soulignait la taille.

— Celle-là, déclara Terry avec conviction. Comme ça, nous serons pareilles.

La jeune fille hésita : elles seraient trop comme mère et fille.

— Je ne sais pas, ma chérie, peut-être que cet imprimé irait mieux.

— Tu ne veux pas être habillée comme moi ?

Terry avait l'air si malheureux que Marine céda. Tant pis pour ce que les gens penseraient. Sa position était déjà si ambiguë de toute façon, cela ne ferait pas grande différence.

Cesare et Federico les attendaient au bas des marches. Les deux frères étaient très élégants en habit de soirée, mais le regard de Marine s'arrêta surtout sur l'aîné. La nature ardente qu'il s'efforçait de dominer lui donnait l'allure d'un étalon fougueux, puissant et incontrôlable sous des dehors civilisés.

— Que vous êtes belles toutes les deux ! s'exclama son cadet. N'est-ce pas Cesare ?

Le comte contemplait fixement Marine et Terry, mais il ne paraissait pas les voir.

— Cesare ?

— Comment ? Ah ! euh, oui, elles sont charmantes.

Federico s'éclaircit la gorge.

— A les voir si jolies, on aimerait leur *offrir*

quelque chose, fit-il en soulignant délibérément le mot.

Cesare pinça les lèvres. Visiblement, il ne croyait pas à l'efficacité du stratagème. Cependant, docile, il tira de sa poche le presse-papiers joliment enveloppé. Il le tendit à la petite fille.

— C'est un présent pour toi, Theresa.

Elle le prit avec empressement et leva les yeux vers Marine.

— Puis-je l'ouvrir maintenant ?

— Bien sûr, pourquoi pas ?

Les yeux de Terry s'illuminèrent quand elle découvrit l'objet.

— Oh ! regarde comme c'est joli, Marine !

Comme elle le lui montrait, la jeune fille lui lança un regard appuyé. La fillette marqua une hésitation presque imperceptible, puis elle s'avança vers Cesare.

— Merci... papa.

C'était à peine un murmure, mais à voir l'expression de Cesare, cela aurait pu être la plus douce des musiques. Le visage rayonnant, il ébaucha un geste vers elle, puis se retint.

— Il n'y a pas de quoi, mon enfant, dit-il avec douceur.

Une grosse boule se forma dans la gorge de Marine. Elle ne regrettait plus rien, cet instant méritait bien tous les efforts. Federico était très ému lui aussi. Il le dissimula sous un ton un peu brusque :

— Hâtons-nous de partir, Roberta a horreur qu'on arrive en retard.

Roberta et son époux vivaient dans un palais presque aussi beau que celui des Branzini. De la lumière brillait à toutes les fenêtres, et un brouhaha de voix accueillit le petit groupe à son arrivée.

Au moment d'entrer, Marine s'arma de tout son courage pour affronter l'épreuve qui les attendait. Les deux frères étaient tendus, eux aussi. Cesare, surtout, avait la mine d'un homme qui s'apprête à assister à une exécution... la sienne.

Dès qu'ils pénétrèrent dans le salon, ce fut la bousculade. Des gens convergeaient vers eux, poussaient des exclamations, pinçaient les joues de Terry, lui tapotaient la tête... Ces manifestations d'affection étonnèrent d'abord la petite fille, puis elles l'effrayèrent. Quand un grand monsieur à moustache la souleva très haut dans les airs avant de l'embrasser sur les deux joues, elle fut prise de panique.

— Marine ! cria-t-elle.

Federico courut à sa rescousse. La prenant dans ses bras, il gronda le coupable :

— Tu lui as fait peur, oncle Salvatore ! Ne vois-tu pas qu'elle est encore une toute petite fille ?

Terry se tortilla pour lui échapper et alla se réfugier contre Marine, qui s'efforça de la rassurer.

— Ils sont simplement contents de te voir, mon poussin.

— C'est leur façon de te dire bonjour, renchérit Federico en lui posant une main protectrice sur l'épaule.

Debout l'un à côté de l'autre, encadrant la petite fille, ils auraient pu aisément passer pour ses parents. Cesare se tenait à l'écart, le visage très sombre. Les invités ne manquèrent pas de remarquer cette bizarrerie. Marine surprit des échanges de regards significatifs. Elle n'eut pas le temps de s'en inquiéter : pour l'heure, il fallait procéder à la cérémonie des présentations. On énuméra pour Terry et Marine une liste interminable de noms, dont elles ne pourraient sûrement pas se souvenir.

— Est-ce votre premier séjour à Venise ? s'enquit aimablement la cousine Roberta.

— Oui, et je trouve la ville à la hauteur de sa réputation, répondit Marine.

— Votre mari accepte de vous laisser voyager sans lui à l'étranger ? questionna la tante Regina.

La jeune fille dissimula un sourire. Tante Regina lui rappelait sa propre tante Hélène. Dans le monde entier, les vieilles dames s'estimaient en droit de poser les questions les plus incroyables ! Tante Regina était décidée à savoir, et si sa première tentative ne suffisait pas, elle n'hésiterait pas à recommencer. Marine s'inclina devant l'inéluctable :

— Je ne suis pas mariée, l'informa-t-elle.

— Par choix, de toute évidence, commenta galamment Federico.

Marine et lui échangèrent un coup d'œil amusé. Le surprenant, Cesare plissa les paupières.

— Malheureusement, tu n'es pas en position d'y remédier, lança-t-il à son cadet.

— Tu n'a pas besoin de me le rappeler, riposta son frère du tac au tac.

C'était la première fois que Marine le voyait défier ouvertement son aîné. Les deux hommes se mesurèrent du regard sans que l'un ou l'autre cède. Roberta intervint avec tact :

— Les enfants jouent en haut. Theresa aimerait peut-être se joindre à eux ?

Federico se détendit, il redevint souriant et courtois.

— C'est une excellente idée, approuva-t-il... Cela laissera à la famille le temps de se calmer, ajouta-t-il à mi-voix à l'intention de Marine.

— Certes, mais comment la convaincre de monter ? objecta celle-ci sur le même ton.

Absorbés dans leur conciliabule, ils ne remarquèrent ni le courroux croissant de Cesare, ni les regards de plus en plus curieux des innombrables parents.

— Je t'accompagne, Terry, dit Marine.

Il y avait trois enfants dans la salle de jeux à l'étage. La plus jeune avait juste un an de plus que Terry, sa sœur annonça fièrement qu'elle avait sept ans. L'aîné, un garçon aux yeux rieurs,

avait neuf ans. Tous trois se montrèrent vivement
intéressés par leur nouvelle cousine, mais sans la
noyer sous un déluge de manifestations. Très
vite, Terry et la plus petite, Paola, s'entendirent à
merveille.

Marine s'installa à l'écart et observa la scène
en silence. Au bout d'un quart d'heure à peine,
Terry cessa de se retourner pour vérifier qu'elle
était bien là. La jeune fille s'éclipsa alors discrètement. Terry avait bien de la chance de s'amuser! Si seulement elle pouvait éviter de redescendre avec les invités, Marine n'hésiterait pas.
Cesare était une véritable bombe à retardement,
et la tante Regina repasserait à l'attaque à la
première occasion. La soirée promettait d'être
longue.

Poussant un soupir, Marine se réfugia dans une
alcôve dissimulée par des plantes pour reprendre
ses forces. Elle venait à peine de s'asseoir que
deux femmes s'arrêtèrent devant le palmier en
pot pour achever leur conversation avant de
rentrer au salon. Marine s'apprêtait à sortir de sa
cachette quand elle entendit son nom. Elles
parlaient d'elle! Elle ne pouvait plus se montrer
sans causer beaucoup d'embarras...

— Et as-tu entendu comme Federico a
répondu? disait l'une. Lui qui s'est toujours
incliné devant Cesare!

— C'est ce qui arrive quand une femme entre
en jeu, commentait l'autre.

— Ce que je ne comprends pas, c'est pourquoi

elle a choisi Federico. L'argent est à Cesare, pourtant.

— Elle sait peut-être que Cesare n'épousera jamais une autre Américaine.

— Il n'y autorisera pas son frère non plus, d'autant qu'il est fiancé à une jeune fille d'excellente famille. Imagines-tu le scandale ?

— Oh, il y a pire, susurra sa compagne d'une voix lourde de sous-entendus.

— Que veux-tu dire ?

— As-tu vu la façon dont la petite s'accroche à elle ? La façon dont Federico et elle tenaient des conciliabules ? La façon dont Cesare les regardait ?

— Tu ne penses tout de même pas...

— Comment en douter ? Il n'y a qu'à les regarder. Theresa et cette femme ont les mêmes cheveux, les mêmes traits délicats... et elles sont très attachées l'une à l'autre.

— Mais pourquoi Cesare affirmerait-il être le père ?

— Peut-être qu'il croyait l'être, et qu'il vient de découvrir son erreur. Cela expliquerait son attitude de ce soir.

— Dans ce cas, Cesare voudra sûrement...

Elle s'interrompit brusquement car quelqu'un les interpellait :

— Où étiez-vous donc passées toutes les deux ? Regina vous cherche partout !

Le trio s'éloigna en direction du salon. Restée seule, Marine lâcha son souffle. Elle ne savait si elle devait en rire ou en pleurer. Comment ces commères avaient-elles pu imaginer une histoire pareille ? Ces idées abracadabrantes avaient-elles traversé l'esprit de toutes les personnes assemblées chez Roberta ? Seigneur ! S'il l'apprenait, Cesare s'en étoufferait de fureur, et Federico ne serait pas particulièrement content non plus.

Songeant qu'elle ne résoudrait pas le problème en restant cachée toute la soirée, Marine prit une profonde inspiration, se redressa, et retourna courageusement au salon. Comme elle s'arrêtait sur le seuil, Federico se détacha d'un groupe et s'approcha d'elle.

— Theresa s'entend-elle bien avec ses cousins ? Sûrement, puisqu'elle vous a laissé redescendre, dit-il avec un sourire.

— Oui, elle... Ils se sont plu tout de suite.

Le sourire du jeune homme s'évanouit.

— Quelque chose ne va pas, Marine ?

— Non, non tout va bien.

— Vous avez le visage enfiévré.

Fronçant les sourcils, il lui posa le dos de la main sur la joue. Le cœur de Marine lui manqua : ce geste, bien intentionné mais apparemment intime, avait dû être remarqué et mal interprété par toute l'assemblée.

— Vous sentez-vous mal ? s'inquiéta Federico.

— Pas du tout, je vous l'assure. Je vais prendre une coupe de champagne, je suis en retard sur vous tous, plaisanta faiblement Marine.

— Je vous l'apporte.

— Non !

— Elle lui posa la main sur le bras pour le retenir, puis recula aussitôt comme si elle s'était brûlée. Federico, de plus en plus soucieux, la scruta attentivement.

— Que se passe-t-il, Marine ? Quelque chose vous préoccupe...

Cesare choisit ce moment pour les rejoindre, arborant un sourire que démentait l'expression de ses yeux.

— Tu devrais partager avec d'autres le privilège de bavarder avec Miss Gayle, cher frère. Mais peut-être crains-tu qu'elle ne trouve un meilleur parti ?

— Ne dis pas de sottises, Cesare, ne vois-tu pas qu'elle a un malaise ?

Le comte se tourna aussitôt vers Marine.

— Qu'avez-vous ?

— *Rien !*... rien, répéta-t-elle plus bas, consciente d'avoir attiré l'attention. Je... j'ai mal à la tête. Si vous le permettez, je vais rentrer tout de suite.

— Certainement, acquiesça Federico. Je vous raccompagne.

— Non ! refusa Marine, au bord du désespoir.

— C'est moi qui la raccompagne, décréta Cesare d'un ton sans réplique.

— Oh assez ! s'emporta la jeune fille. Etes-vous donc aveugles et sourds tous les deux ? Vous ne voyez rien de ce qui se passe ?

Ils ouvrirent l'un et l'autre des yeux interloqués.

— Vous feriez bien de tout nous dire. Allons dans la bibliothèque, décida Cesare.

A l'abri des oreilles indiscrètes, elle leur relata la conversation qu'elle avait surprise, de plus en plus indignée à mesure qu'elle se souvenait des détails. Quand elle se tut enfin, elle se tassa imperceptiblement, pour parer à l'explosion. C'est un double éclat de rire qui ponctua son dernier mot, à son étonnement scandalisé.

— Je suis ravie que cela vous amuse, déclarat-elle aigrement.

— Ce doit être tante Rosa. Oh, je la vois tout à fait ! s'écria Federico en redoublant d'hilarité.

— « Les mêmes traits délicats » ! hoqueta Cesare dans un fou rire incompressible.

— Pardonnez-moi, mais cela n'a rien de drôle, insista Marine, excédée.

— Voyons ! Vous ne vous formalisez tout de même pas de ces sornettes ? protesta le cadet des Branzini.

— Bien sûr que si ! Et vous devriez en faire autant. Ces mauvaises langues pensent que nous avons une liaison.

— Vous l'avez cherché tous les deux, intervint Cesare, retrouvant partiellement son sérieux. Votre... amitié est très marquée.

— Nous sommes amis, mais ce soir nous pensions surtout à Theresa... et à toi, souligna son frère d'un ton de reproche.

Cesare resta impassible.

— Retourne au salon, Federico, nous te rejoindrons dans un moment... Laisse entendre que Marine et moi ne souhaitons pas être dérangés, ajouta-t-il avec un très léger sourire.

Quand ils furent seuls, Marine dévisagea son compagnon d'un air méfiant.

— Quel nouveau plan machiavélique avez-vous inventé pour m'exaspérer ? demanda-t-elle.

L'aidant à se lever du divan, il lui posa les mains sur la taille et les y laissa.

— Pensez-vous que je cherche à vous mettre en colère ?

— Oui.

Elle sentait avec une netteté saisissante chacun de ses longs doigts sur elle. Pour le cas où il essaierait de l'attirer à lui, elle posa les mains sur son torse. Ce fut une erreur. Ses paumes se réchauffèrent au contact de sa peau sous la fine étoffe de sa chemise. Elle dut résister pour ne pas caresser cette poitrine large et dure, aux muscles bien dessinés.

— Vous vous trompez, *cara*. C'est plutôt l'inverse, murmura le jeune homme.

Il la caressait à présent, en lents mouvements circulaires qui irradiaient, l'embrassant peu à peu d'un feu dévorant.

— N'essayez pas de m'attendrir, Cesare. Si vous croyez que je vais faire semblant d'être amoureuse de vous pour convaincre votre famille que je ne m'intéresse pas à Federico, vous vous trompez !

Marine avait dit cela très vite, dans un effort pour s'arracher à l'emprise du jeune homme. Celui-ci s'immobilisa, mais il ne la lâcha pas.

— Est-ce à dire que vous vous intéressez vraiment à mon frère ?

— Pas du tout ! J'ai de l'affection pour lui, voilà tout !

Les mains de Cesare emprisonnèrent le petit visage de Marine. Il le leva vers lui, pour mieux plonger son regard dans le sien.

— Dans ce cas, vous n'aurez pas de mal à feindre la même amitié pour moi.

Quand il la tenait ainsi, elle était à sa merci, elle n'aurait rien pu lui refuser. Pourtant, il y avait une faille dans le raisonnement de Cesare, elle en était sûre... Mais où ? Elle l'ignorait, elle ne savait plus rien. S'il le lui demandait en ce moment, elle accepterait même de dire qu'elle l'aimait...

— Venez, petite Marine, chuchota Cesare. Allons montrer nos talents d'acteurs.

Chapitre 7

Si Marine n'avait pas été aussi troublée, elle aurait ri de la confusion qui régnait dans le clan Branzini. S'étant persuadés que Marine et Federico avaient une liaison et que Cesare désapprouvait l'affaire, ils ne comprenaient plus pourquoi Cesare témoignait brusquement un tel intérêt pour la jeune Américaine.

Il ne la quittait pas, lui posait une main sur l'épaule ou lui enlaçait la taille, écartait une mèche rebelle de sa joue, caressait du bout du doigt l'encolure de sa robe...

Et quand la jeune fille lui jetait des regards indignés, estimant qu'il allait trop loin, il lui répondait par un sourire complice qui semblait dire « N'est-ce pas que nous sommes convaincants ? » Si seulement, soupirait-elle intérieurement. Si seulement...

Quand la tante Régina l'appela impérieusement, elle en fut presque heureuse... tout en se préparant à subir un interrogatoire en règle.

Cesare la suivit et prit place sur un fauteuil à côté d'elle, lui indiquant d'un sourire qu'il la soutiendrait.

— Depuis combien de temps connaissez-vous mes neveux ? commença la vieille dame sans préambule.

Marine dut faire le calcul : elle avait l'impression de connaître Cesare depuis toujours.

— Depuis quatre jours, répondit-elle, étonnée elle-même.

Le jeune homme tressaillit, stupéfait lui aussi.

— C'est tout ? s'exclama tante Regina en fronçant les sourcils. Vous ne vous connaissiez pas aux Etats-Unis ?

— Non.

La duègne eut une moue mécontente.

— Je suis peut-être assez âgée, mais j'ai encore toute ma tête, bougonna-t-elle. Voulez-vous me faire croire que Theresa s'est attachée à vous en si peu de temps ?

— Vous m'avez demandé quand j'avais rencontré Cesare et son frère, répliqua Marine. J'ai fait la connaissance de Terry voici trois semaines. Nous sommes restées ensemble en permanence à Los Angeles, pendant qu'on lui établissait son passeport et les papiers nécessaires à son voyage.

— Vous semblez avoir beaucoup d'affection pour elle, observa son interlocutrice.

— C'est vrai, et elle m'aime beaucoup aussi, comme vous l'avez sûrement remarqué... C'est bien compréhensible quand vous songez qu'elle s'est sentie très seule et perdue à la mort de sa mère. Elle n'a eu que moi vers qui se tourner jusqu'à son arrivée ici.

— Cette petite est particulièrement timide devant les hommes... à l'exception de Federico.

— Il sait s'y prendre avec les enfants, convint Marine. Mais elle a beaucoup d'admiration pour son père. Elle le vénère presque.

En disant cela, la jeune fille évita soigneusement le regard de Cesare.

— Et toi, Cesare, poursuivit Regina en se tournant vers son neveu. Maintenant que tu as enfin ta fille auprès de toi, lui montres-tu de l'affection ?

— J'essaie, dit le jeune homme d'une voix altérée. J'essaie du mieux que je peux.

Marine sentit une brusque colère l'envahir. De quel droit sa famille ajoutait-elle au tourment de Cesare ? Il était temps que quelqu'un tienne tête à cette matriarche tyrannique.

— Cesare est un très bon père, déclara-t-elle d'un ton sans réplique. Pour un homme qui n'a pas beaucoup d'expérience dans ce domaine, j'estime qu'il se débrouille très bien.

Elle redressa le menton, défiant Regina du regard. Pendant quelques secondes, elles s'affrontèrent en silence. Puis, de façon inattendue, la tante de Cesare partit d'un petit rire.

— Vous faites une amie admirable, ma chère. Je n'aimerais pas vous avoir pour ennemie...

Elle tourna vers son neveu un regard péremptoire.

— J'espère que tu sais apprécier cette jeune fille à sa juste valeur ! déclara-t-elle.

— Tu n'as pas à t'inquiéter pour la signorina Gayle, assura Cesare. Elle sait très bien se défendre toute seule.

— Ah tu crois ça ?

Regina se tourna à nouveau vers Marine, brièvement, et une ombre de commisération traversa son regard. Presque immédiatement, ce sentiment céda la place à un courroux menaçant.

— Envoyez-moi cette idiote de Rosa et sa sotte belle-sœur, j'ai quelque chose à leur dire. Et vous deux, filez ! Pourquoi perdre votre temps avec une vieille femme comme moi ?

Cesare prit Marine par la main et l'entraîna sur le balcon.

— Pourquoi m'amenez-vous ici ? demanda la jeune fille.

— Je veux vous parler...

D'une main il lui prit l'épaule, de l'autre il lui releva le menton.

— ... Pourquoi avez-vous menti, Marine ? Etait-ce par pitié pour moi ? demanda-t-il d'une voix pressante.

Il faisait trop sombre pour qu'elle puisse lire sur ses traits.

— Je n'ai pas menti. Je ne comprends pas de quoi vous voulez parler.

— Vous avez dit à ma tante que Theresa m'aime, que je suis un bon père. Pourquoi ?

— Ah ! Ce n'était pas tout à fait un mensonge. Je suis convaincue que vous faites des efforts, et que votre fille apprendra à vous aimer. J'anticipais un peu sur l'avenir, voilà tout, affirma-t-elle avac un sourire malicieux.

— Vous n'avez pas pitié de moi ?

— Oh Cesare, comment le pourrais-je ? s'impatienta-t-elle. Vous avez tout ce qu'on peut désirer au monde !

— Non, pas tout petite Marine, la contredit-il tout bas.

Et, l'enlaçant, il l'attira contre lui. Avant qu'elle ait pu réagir, il prit sa bouche.

Comme elle restait immobile, rigide entre ses bras, il l'embrassa doucement, délicatement, sans insister. C'était comme une promesse de plaisirs à venir, une invitation à l'abandon plutôt qu'une exigence impérieuse. Malgré elle, Marine se sentit faiblir. Cesare dessinait dans son dos et sur ses hanches des chemins de feu ; sa bouche faisait sourdre en elle un désir qu'elle ne pouvait éteindre...

Un faible gémissement lui échappa. Avec un soupir, elle lui noua les bras autour du cou et s'arqua contre lui, captive de ses sens. Alors le baiser de Cesare se fit plus ardent, plus profond. Resserrant son étreinte, il moula sa compagne contre lui, parcourant de caresses chaque courbe de son corps souple et docile, cherchant à la connaître toute...

— Marine ? Cesare ? Où êtes-vous ?

C'était la voix da Federico.

Le charme se rompit, les deux jeunes gens s'écartèrent et se contemplèrent, encore ivres l'un de l'autre, étourdis par la force du désir qui les avait brièvement unis. Une tendresse indicible se peignit sur les traits de Cesare.

— Pardonnez-moi, mon ange. Ce n'était ni le lieu ni le moment.

— Non, je... non.

Federico les attendait dans le vestibule ; il les informa que le dîner était servi.

De ce repas, Marine ne devait presque rien remarquer. Assise entre les deux frères, elle dut faire un effort presque continuel pour suivre la conversation de Federico... et pour chasser de son esprit les images trop vives de Cesare.

Les enfants avaient mangé séparément. Comme les adultes en étaient au dessert, un valet vint annoncer à Cesare que sa fille s'était endormie dans le lit de Paola.

— C'est très bon signe, commenta Roberta. Cela prouve que l'enfant se sent déjà chez elle ici. Tu m'en vois heureuse, mon cher cousin.

Le jeune homme consulta sa montre.

— Avec un peu de chance, elle ne se réveillera pas quand nous la ramènerons à la maison.

— Pourquoi ne pas la laisser ici pour la nuit ? suggéra sa cousine.

— Elle doit aller à la maternelle demain, et...

— Je l'y accompagnerai.

— Ce serait excellent pour elle, Cesare, intervint Marine. C'est un pas vers l'indépendance.

— Vous avez sans doute raison, convint-il.

Au sortir de table, tout le monde se dirigea vers le petit salon pour écouter de la musique. Au grand soulagement de Marine, Federico suggéra de prendre congé.

— Marine doit en avoir assez des Branzini pour ce soir, déclara-t-il. Elle a bien mérité une récompense. Faisons nos adieux et allons boire un verre et danser.

La jeune fille redoutait tant le retour au palais... et surtout un éventuel tête-à-tête avec Cesare, qu'elle accueillit cette suggestion avec enthousiasme.

La boîte de nuit était bruyante, obscure et surpeuplée. Toutefois les frères Branzini y furent accueillis avec déférence. Un maître d'hôtel les guida à travers la salle mais en chemin, un groupe de jeunes gens les reconnut et les appela à grands cris. Ils insistèrent pour que les trois arrivants se joignent à eux, et tant bien que mal, on logea des chaises pour eux autour de la table.

La plupart des convives devaient avoir entre vingt-cinq et trente-cinq ans à l'exception d'une jeune fille, âgée de dix-huit ans tout au plus. Elle se prénommait Fammina. Outre un corps voluptueux, elle avait d'immenses yeux de velours noir, et des cheveux blonds vaporeux. Il devint

très vite évident qu'elle était fort éprise de
Cesare.

— Comment vas-tu, bébé ? la taquina celui-ci.

— Ne m'appelle pas comme ça !

— Tu préfères « petite fille » ?

— Non, j'aimerais mieux « chérie », déclara-
t-elle en se serrant contre lui avec un sourire
enjoleur. Quand t'apercevras-tu enfin que j'ai
grandi ?

Moqueur, Cesare détailla ses courbes géné-
reuses.

— Tu as beaucoup de... d'atouts, convint-il.
Quand tu auras enfin compris que les hommes
aiment être les chasseurs et non les proies, tu
seras une jeune personne fort entourée, j'en suis
sûr.

— Cesse de vouloir la lune, intervint une très
belle femme assise en face d'eux. Cesare n'a que
faire d'une petite mijaurée comme toi.

Elle ponctua cette affirmation d'un long regard
séducteur à l'adresse du jeune homme.

Marine fut contente quand Federico l'invita à
danser. Elle ne trouvait pas ces gens particulièrement sympathiques. Pendant un slow, elle questionna son compagnon d'un air détaché.

— Fammina est très belle, mais n'est-elle pas
un peu jeune pour Cesare ?

— Elle se jette obstinément à son cou depuis
qu'elle a seize ans... et il la rejette avec autant
d'obstination, ajouta-t-il avec un petit rire. C'est
son frère qui l'a amenée. Il n'est guère plus mûr

qu'elle. Il est à la table, en train de s'enivrer. Ce sont des amis de la famille, mais nous ne les fréquentons plus beaucoup, conclut-il d'une voix qui exprimait sa réprobation.

Le morceau de musique suivant était romantique ; Marine vit Fammina entraîner d'autorité Cesare sur la piste, une seconde avant que l'autre femme ait eut le temps de le faire. Quand diable trouvait-il le temps de se livrer à la « chasse » qu'il affirmait préférer ? se demanda la jeune fille avec une ironie amère.

Cesare ne les remarqua même pas quand il passa près d'eux : il était trop occupé à sourire avec indulgence à ce que lui chuchotait sa cavalière. La colère de Marina monta. Quelques heures plus tôt, c'est elle qu'il tenait dans ses bras !

Quand il vint l'inviter un moment plus tard, elle voulut refuser, mais ne trouva pas de prétexte valable. Elle ne voulait surtout pas qu'il puisse la croire jalouse ! En tout cas, elle garderait ses distances sur la piste, se promit-elle.

Cesare ne lui en laissa pas la possibilité. Il l'enlaça étroitement, et un frisson de plaisir la traversa malgré elle. Le jeune homme posa la joue sur ses cheveux soyeux avec un soupir de contentement.

— C'est ce dont j'avais envie depuis le début de la soirée !

— C'est une chance que vous ayez pu trouver le temps de le faire ! commenta Marine d'une voix sèche.

Etonné, il s'écarta pour la regarder.

— Quelque chose ne va pas, *cara* ?

— Pas du tout ! Au contraire ! Federico a eu une très bonne idée en proposant de venir ici. Je suis d'autant plus touchée qu'il l'a fait pour moi !

Cesare plissa les yeux. Après avoir réussi à dissiper ses soupçons, il était particulièrement absurde de les éveiller à nouveau, mais Marine était poussée par le ressentiment.

— Votre frère est l'homme le plus charmant que j'aie jamais rencontré, poursuivit-elle.

— Et on ne peut pas en dire autant de moi, j'imagine ? s'enquit Cesare d'une voix beaucoup plus froide.

— Vous êtes très différents l'un de l'autre, acquiesça-t-elle. Il est si gentil ! Cela plaît beaucoup aux femmes.

Un muscle joua dans la mâchoire de Cesare.

— Je croyais que vous éprouviez seulement de l'amitié pour lui ?

— Oh, je ne parlais pas de moi, c'était une généralité... Je ne vous ai pas offensé, j'espère ? ajouta la jeune fille en ouvrant de grands yeux. Vous avez manifestement beaucoup de succès auprès de certaines femmes, vous aussi... celles qui recherchent les passions brèves plutôt que les relations durables et profondes.

— Au moins, vous reconnaissez que je sais éveiller la passion ! articula le comte, les yeux flamboyants. Du reste, vous ne pourriez guère le nier !

— Que... que voulez-vous dire ?

— Que je vous ai apprivoisée encore et encore ! Osez nier le désir qui nous lie ! Je vous ai sentie trembler entre mes bras, prendre feu sous mes mains ! Votre bouche s'est épanouie sous la mienne, appelant mes baisers ! Ne vous y trompez pas, acheva-t-il en fixant sur elle un regard envoûtant. Si je vous veux, vous serez mienne...

Cette danse ne fut pas suivie par une autre. Cesare accompagna sa cavalière à la table, et il ne parut plus remarquer son existence. Marine resta de marbre tandis que Fammina et Silva se disputaient le privilège de l'avoir pour cavalier. Federico tenta bien de l'inviter, mais elle refusa d'une voix brève, un peu tremblante. N'y tenant plus, le jeune homme décida de se départir de sa discrétion habituelle :

— Vous êtes-vous encore querellés, Cesare et vous ?

— Comment serait-ce possible ? rétorqua Marine. N'est-il pas le seigneur et maître, ici ?

Son compagnon soupira.

— Je croyais que vous aviez enfin résolu vos différends.

— Moi aussi, mais j'avais oublié un détail : on ne peut pas faire confiance à votre frère.

— Voilà un jugement très dur, Marine, lui reprocha Federico.

La jeune fille oublia qu'elle s'était promis de garder son sang-froid.

— Si vous étiez une femme, vous seriez d'ac-

cord avec moi ! éclata-t-elle. Regardez Fammina
et Silva ! Elles sont prêtes à s'arracher les yeux à
cause de lui, et il en est ravi. Combien de femmes
lui faut-il donc ?

— Cesare est un homme très attirant. Il n'y
peut rien si les femmes se jettent à son cou.

— Pauvre petit ! Il sait très bien se servir de
son charme, en tout cas ! je ne m'étonne pas que
son mariage ait échoué. Quelle épouse supporterait d'avoir un séducteur-né pour mari ?

Federico la contempla un long moment avant
de reprendre la parole.

— Je crois qu'il est temps de rétablir certaines
vérités, déclara-t-il enfin. Suivez-moi.

Perplexe, Marine obéit. Qu'avait-il de si important à lui confier ? Ni Federico ni elle ne remarquèrent le regard de Cesare fixé sur eux tandis
qu'ils sortaient.

Dehors, le jeune homme conduisit sa compagne vers un petit banc, sous le clair de lune.

— Cesare me ferait écarteler si jamais il apprenait que je vous livre ses secrets, mais je pense
que vous devez tout savoir, pour éviter de mal le
juger.

— Pourquoi donc ? s'enquit Marine sans le
regarder.

— Ne faites pas l'innocente. Mon frère et vous
êtes très attachés l'un à l'autre.

— Nous nous connaissons à peine.

— C'est arrivé très vite, convint Federico. Au
début, j'ai pensé qu'il s'agissait d'une simple

attirance physique, mais c'est plus profond. Je connais Cesare, je l'ai déjà vu entreprendre des conquêtes... Avec vous il est différent. Et s'il vous paraît dur parfois, c'est qu'il est dérouté par ses propres sentiments, comme vous l'êtes par les vôtres.

— C'est ridicule ! protesta Marine, les joues brûlantes.

— Je ne vous dis pas cela pour vous embarrasser, précisa gentiment Federico. Je veux seulement vous expliquer pourquoi je m'apprête à trahir les confidences de mon frère. Il n'est pas un homme volage, contrairement à ce que vous pensez. Il a toujours été fidèle à son épouse, bien qu'elle l'ait contraint au mariage.

— Comment une telle chose est-elle possible ?

— Cesare a eu une liaison avec Evelyn. Il n'était pas son premier amant, loin de là. Ils n'étaient pas amoureux l'un de l'autre, et mon frère a précisé dès le départ qu'il s'agissait simplement pour lui d'une aventure. Evelyn a affirmé ne pas rechercher autre chose elle-même. Au bout de quelque temps, Cesare a voulu la quitter, elle lui a alors annoncé qu'elle était enceinte de lui. C'est un homme d'honneur, il l'a épousée. Quand il a découvert qu'elle lui avait menti, il était trop tard, elle attendait un enfant de lui.

— Il aurait pu divorcer, Terry aurait quand même été une enfant légitime.

— Cesare n'aurait jamais fait cela. C'était son

enfant, il voulait lui donner un foyer. Quand Theresa est née, Cesare les a amenées toutes les deux ici, mais Evelyn a détesté Venise.

— C'est impossible ! s'exclama Marine.

— Elle refusait d'apprendre la langue, elle se plaignait des amis de Cesare qui la méprisaient, selon elle ; elle a même essayé de le brouiller avec sa famille. Elle était si malheureuse ici que Cesare a accepté de la laisser rentrer en Amérique pour ce qui devait être un court séjour. Comme elle refusait de revenir, il s'est décidé à les rejoindre.

La jeune fille désirait de tout son cœur le croire. Mais elle savait de source sûre que Cesare n'était pas l'innocent présenté par son frère.

— Terry m'a raconté qu'ils se disputaient fréquemment, murmura-t-elle d'une voix étouffée. Il faisait pleurer sa mère.

— Etant une ancienne actrice comme sa sœur, Evelyn savait verser des larmes à volonté. Cesare lui a toujours cédé sur tout. Il a essayé de diriger ses affaires depuis la Californie, mais il était obligé de voyager fréquemment. En son absence, Evelyn s'est mise à voir d'autres hommes, sans même prendre la peine de se cacher. Puis elle a fait venir sa sœur, et l'ambiance s'est encore dégradée. Les deux sœurs buvaient, organisaient des fêtes tous les soirs... Cesare n'a pu le supporter très longtemps même pour sa fille. Il a demandé le divorce en essayant d'obtenir la garde de l'enfant, mais les cours américains favorisent les mères. Pour se venger de lui, Evelyn a refusé de lui laisser voir Theresa, bien qu'il ait obtenu un droit de visite.

— Quelle honte! s'écria Marine, indignée. Il aurait dû la traîner en justice!

— A quoi bon? Les tribunaux n'auraient fait que confirmer un droit qu'il avait déjà.

La jeune fille resta pensive un long moment, les yeux perdus dans le vague. Comme elle avait mal jugé Cesare! Elle regrettait à présent les accusations qu'elle lui avait lancées sans savoir. Cesare était un homme trop fier pour se défendre. Et comment faire amende honorable maintenant? Il soupçonnerait Federico d'avoir parlé, et il ne le leur pardonnerait jamais, ni à l'un ni à l'autre...

— Retournons à l'intérieur, dit-elle. Je veux le voir.

— Vous ne devez surtout pas lui laisser deviner quoi que ce soit, l'avertit Federico.

— N'ayez crainte, je ne dirai rien. Je... j'ai juste envie de lui parler.

— Je comprends, acquiesça son compagnon. Et je vous fais confiance. Si je pensais que vous lui vouliez du mal, je ne vous aurais jamais donné cette arme contre lui.

Marine soupira.

— J'aimerais que Cesare ait autant confiance en moi. Mais je comprends maintenant pourquoi il se méfie tant de toutes les femmes.

— Cela va changer, grâce à vous, assura Federico.

Les inquiétudes de Marine étaient bien utiles.
Quand ils rentrèrent dans la discothèque, ce fut
pour apprendre que Cesare était parti.

— Parti ? s'écria la jeune fille, atterrée.

Silva hocha la tête, un sourire moqueur aux
lèvres.

— Avec Fammina, précisa-t-elle.

— Je suis sûr qu'il doit y avoir une explication,
affirma Federico.

Mais Marine l'entendit à peine. Quelque chose
s'était déchiré en elle.

Elle devait être folle pour s'être éprise de
Cesare. Oui, c'était cela, il s'agissait d'une
toquade, d'une amourette sans importance et
vraiment absurde. Avait-on idée de s'intéresser à
un homme qui partait se consoler auprès d'une
autre au premier désaccord ?

Dieu merci il n'était pas trop tard. Dès demain,
elle annoncerait à Cesare qu'elle s'en allait. Qu'il
réagisse comme bon lui semblerait !

Cette décision apaisa Marine, mais elle ne lui
rapporta pas la joie. Elle pouvait quitter Venise,
songeait-elle encore quand elle se coucha, une
heure plus tard. Mais parviendrait-elle à oublier
le grand jeune homme sombre qu'elle y avait
connu, tantôt ange et tantôt démon ?

Chapitre 8

Marine n'avait pas remonté son réveil en se couchant, puisqu'elle ne devait pas emmener Terry à l'école. Ainsi, elle éviterait de prendre le petit déjeuner avec Cesare. Oh, elle le verrait certainement avant son départ, puisqu'elle n'avait pas l'intention de s'en aller sans avoir pris congé de Terry, mais autant attendre au soir pour cette ultime confrontation.

Tourmentée par ses préoccupations, la jeune fille avait passé une très mauvaise nuit, ne s'endormant qu'au petit matin.

Elle s'agita dans son sommeil, avec l'impression qu'il y avait quelqu'un dans sa chambre. Avec un soupir, elle se tourna sur le dos, battit des paupières, entrouvrit les yeux. Cesare! Une tendresse indicible se lisait sur son visage. Avec un sourire, Marine referma les yeux. Quel joli rêve!

Un bruit léger lui fit les rouvrir aussitôt. Le jeune homme était bien là... mais elle avait dû rêver effectivement, car il avait son expression sévère habituelle.

— Je ne voulais pas vous réveiller, dit-il sans paraître en éprouver le moindre remords.

Marine s'assit en remontant les couvertures jusque sous son menton.

— Que faites-vous ici ?

— Je suis venu vous rappeler que nous allons chercher Terry à l'école, cet après-midi.

Lui arrivait-il de dire « s'il vous plaît », parfois ? Marine pinça les lèvres.

— Comment pourrais-je manquer une occasion d'être en votre charmante compagnie ? susurra-t-elle.

— Pensez-vous pouvoir arriver à l'heure pour une fois ?

— C'est possible mais n'y comptez pas trop. Je ne suis pas une de vos employées.

Cesare serra les poings.

— C'est une bonne chose parce que si c'était le cas, je vous licencierais !

— Des promesses, toujours des promesses, chantonna Marine.

Avec une exclamation furibonde, le jeune homme s'avança jusqu'à toucher le lit. Marine, obligée de renverser la tête en arrière pour le regarder, n'était pas à son avantage. Mais il était hors de question qu'elle se lève en petite chemise de nuit. Elle agrippa les couvertures quand Cesare lui prit le menton dans la main.

— Vous a-t-on déjà dit que vous avez un caractère épouvantable ? maugréa-t-il.

— On ne parle bien que de ce qu'on connaît ! riposta-t-elle.

Il leva au ciel des yeux excédés.

— Je plains l'homme qui sera votre amant !

— Ne vous inquiétez pas, ce ne sera pas vous !

— Assurément pas, confirma-t-il. Plutôt étreindre un chat sauvage !

— Il est vrai que vous n'aimez pas les femmes dotées de fortes personnalités, lança Marine, ulcérée. Vous les préférez jeunes et complaisantes !

— De quoi diable parlez-vous ?

— Réfléchissez, ça va vous revenir.

— Faites-vous allusion à Fammina ? s'enquit Cesare.

— C'est interdit ?

Cesare était si furieux qu'il saisit la jeune fille aux épaules. Elle crut un instant qu'il allait la secouer mais il n'en fit rien.

— Je n'ai pas posé un seul doigt sur cette petite ! martela-t-il.

La prenait-il pour une idiote ?

— Ah non ? Vous êtes partis ensemble pour pouvoir discuter des récentes découvertes en électronique ?

— Une *dernière* fois, il ne s'est rien passé entre Fammina et moi.

— Cela m'est parfaitement égal.

— Dans ce cas, n'en parlons plus.

— Comme vous voudrez, fit Marine avec une belle indifférence... Qu'étais-je censée croire ? ne put-elle s'empêcher d'ajouter.

— Vous auriez pu avoir confiance en moi, suggéra-t-il, le visage fermé. Mais à quoi bon attendre cela de vous ?

En son for intérieur, elle reconnut qu'il avait raison. Après sa discussion avec Federico, elle s'était juré de ne plus tirer de conclusions hâtives à propos de Cesare... et elle avait failli à sa promesse.

— Vous avez disparu sans un mot d'explication, lui rappela-t-elle plus doucement.

— Si vous aviez été là, je vous aurais parlé. Mais ça, c'est un autre problème, ajouta-t-il à mi-voix. Fammina avait bu, comme vous avez dû le voir. Elle s'est rendue malade, aussi je l'ai ramenée chez elle. Ni son frère ni leurs amis n'étaient en état de le faire. Je l'ai donc raccompagnée et je suis revenu tout de suite à la discothèque, pour découvrir que Federico et vous, par contre, nous aviez faussé compagnie.

— Oh, Cesare ! C'est cette femme, Silva. Elle nous a dit que vous étiez partis avec Fammina. Elle semblait si convaincue que... enfin j'ai cru que...

— Que je me conduisais comme vous.

— Pardon ? articula Marine, perplexe.

— J'ai renoncé à vous séparer, Federico et vous. Je n'approuve pas ce que vous faites, mais vous êtes majeurs tous les deux.

Le regard vide, Cesare se détourna.

— ... A cet après-midi, donc.

— Cesare, attendez !

La jeune fille bondit hors du lit pour le retenir par la manche.

— Vous vous trompez, comme moi tout à l'heure. Il n'y a rien eu, et il n'y aura jamais rien entre Federico et moi.

Il la toisa d'un regard ouvertement incrédule, mais il ne sortit pas.

— Pour reprendre votre expression : « que suis-je censé croire d'autre ? »

Marine réfléchit très vite. Elle ne pouvait pas trahir les confidences de Federico, mais elle allait devoir avouer une partie de la vérité à Cesare. La partie qu'elle aurait préféré lui cacher à tout jamais. Tant pis, elle n'avait pas le choix. Elle refusait de semer la discorde entre les deux frères.

— J'étais un peu... perturbée, hier soir, commença-t-elle. La soirée avait été difficile, et à la discothèque, vos amies... enfin ces femmes m'ont donné le sentiment d'être une intruse. Quand je vous ai vu danser avec Fammina, j'ai cru... cela a renforcé mon sentiment.

Incapable de soutenir plus longtemps le regard intense de Cesare, elle courba la tête.

Avec douceur, il lui glissa un doigt sous le menton et lui releva le visage.

— Pourquoi cela vous-a-t-il affecté, Marine ? Vous n'avez jamais toléré ma compagnie.

— Ni vous la mienne. Vous n'aviez d'ailleurs pas grande envie de venir à Bella Venezia hier soir.

— Parce que j'avais d'autres projets en tête pour finir la soirée, murmura-t-il en lui caressant les épaules.

Marine comprenait fort bien à quoi il faisait allusion ; elle lui répondit sincèrement :

— Justement, vous paraissiez prêt à mettre ces projets à exécution avec la première femme consentante venue.

— Vous avez vraiment cru cela ? Oh, Marine, Marine ! Et Federico vous a dit combien vos soupçons étaient ridicules, n'est-ce pas ?

— Oui. Nous nous sommes assis sur un petit banc dans le square, et nous avons discuté. Quand nous sommes revenus, vous aviez disparu. Je... nous avons décidé de partir.

Cesare poussa un long soupir.

— Vous n'imaginez pas les tourments que j'ai endurés ! Je vous voyais dans les bras de Federico, j'étais prêt à me battre avec lui, mon propre frère !

Marine ne put s'empêcher de rire.

— Et moi, j'avais une image très nette de Fammina avec vous !

— Cela vous a fait souffrir, *cara ?*

Le jeune homme lui encercla la taille de ses deux mains, lui communiquant sa chaleur à travers la fine étoffe de la chemise de nuit. Le léger vêtement révélait plus qu'il ne cachait ; des yeux, Cesare savoura les courbes exquises de sa compagne. Troublée, celle-ci croisa les bras devant elle. Alors, d'un geste doux mais ferme, il lui prit les bras et les écarta, contemplant ses jeunes seins ronds et dressés.

Sans hâte, il l'attira à lui jusqu'à ce que leurs corps se frôlent de haut en bas. Cette proximité à la fois grande et insuffisante fit à Marine l'effet d'un philtre puissant. Elle voulut le serrer, plus fort, de se fondre en lui. Ivre, elle ferma les paupières et rejeta la tête en arrière. Quand les lèvres de Cesare se posèrent sur son cou fragile, elle fut perdue.

— Jamais je n'avais autant désiré une femme avant vous, souffla-t-il en ponctuant de baisers la ligne de sa gorge et de son épaule. J'ai tant besoin de vous ! Vous me rendez fou...

Elle fut impuissante à le repousser quand il fit glisser la nuisette, dévoilant un sein d'ivoire. Des yeux, de la main, de la bouche, il le caressa. Marine poussa un faible gémissement. Une onde de désir la traversa de part en part, elle s'arqua contre le jeune homme, enfonçant les doigts dans ses cheveux noirs.

Elle ne s'appartenait plus, le besoin qu'elle avait de lui la submergeait, incontournable, incroyablement puissant.

— Oh, Cesare, oui ! murmura-t-elle dans un souffle.

Alors il captura sa bouche en un baiser d'ardeur et de tendresse, de fougue et de retenue.

Marine s'y soumit de tout son être, consentante, subjuguée. Chaque caresse ardente, chaque baiser les rapprochait d'un plaisir qu'ils devinaient, mais qu'ils retardaient à loisir, pour mieux se découvrir... Et soudain, on frappa à la porte.

La jeune fille était si perdue dans son univers de rêve qu'elle n'entendit pas tout de suite. On frappa à nouveau.

— Qui... qui est-ce ?

— C'est moi, Federico. Je suis désolé de vous réveiller, mais j'ai quelque chose à vous dire.

Cesare se crispa, la passion se dissipa lentement sur son visage. Marine comprit ce qu'il pensait, mais elle n'avait pas le temps de le rassurer. Seigneur ! où était sa robe de chambre ?

—Une minute !... Je, j'arrive !

— Ce n'est pas la peine...

Federico baissa la voix comme un conspirateur :

— Je voulais seulement vous avertir que Cesare est sur le sentier de la guerre. Surtout, ne lui dites rien de ce qui s'est passé entre nous hier soir.

Le bruit de ses pas décrut dans le couloir.

— Misérable... !

Le mot était en italien, mais Marine en devina sans peine le sens.

— ... Cela vous aurait plu, n'est-ce pas, de nous avoir tous les deux pour amants !

— Cesare, vous ne croyez pas vraiment...

— J'aime mieux ne pas vous dire ce que je crois !

— Je sais que cela peut paraître louche, mais vous vous trompez du tout au tout ! je vous ai dit la vérité tout à l'heure !

— La vérité ! répéta Cesare avec un mépris brûlant. Comme si cela faisait partie de votre vocabulaire !

— Je vous en prie, écoutez-moi, supplia Marine.

— Pour que vous puissiez me mentir encore ? C'est inutile, Miss Gayle.

Rigide de fureur, Cesare quitta la pièce. Effondrée, Marine le regarda sortir sans dire un mot. C'était fini, irrévocablement. La veille au soir, elle avait résolu de partir, mais pas de cette façon... Elle alla à la salle de bains, se doucha avec des gestes cassés de vieille femme.

Ses bagages furent vite bouclés. Elle ne s'en irait que le soir, afin de dire au revoir à Terry.

Toute la journée, la jeune fille erra dans Venise sans goûter la beauté de la cité. Instinctivement, elle suivait des yeux tous les grands jeunes gens bruns qui passaient.

Serait-ce ainsi toute sa vie ? Serait-elle condamnée à comparer tous les hommes à Cesare et à trancher en leur défaveur ?

Peu avant quatre heures, elle prit le chemin de l'école. Comme elle s'en rapprochait, elle ralentit le pas. Sa rencontre avec Cesare serait douloureuse, elle allait avoir besoin de tout son courage.

Prenant une profonde inspiration, elle poussa le portail.

Cesare était là, arpentant le vestibule comme un lion en cage. Marine se força à rester bien droite ; elle referma derrière elle d'une main qui ne tremblait pas.

Au bruit qu'elle fit, Cesare fit volte-face. Ses prunelles s'embrasèrent d'une vive émotion.

— Je vous croyais partie.

— Mon avion décolle à six heures et demie.

En quelques enjambées, il fut devant elle. Lui prenant les épaules, il plongea son regard dans le sien.

— Où étiez-vous ? J'ai appelé la maison cent fois dans la journée ! Les serviteurs ignoraient où vous étiez allée !

De quoi la soupçonnait-il maintenant ? D'avoir volé l'argenterie de famille, probablement !

— Je suis sortie, voilà tout. C'était ma dernière journée à Venise, je voulais voir la ville.

Le jeune homme resserra son étreinte, lui faisant presque mal.

— Vous ne pouvez pas savoir ce que j'ai enduré ! je croyais que vous aviez quitté le pays !

— Je voulais dire au revoir à Terry. Ne vous inquiétez pas, je ne lui laisserai pas d'instructions pour empoisonner votre café, ajouta-t-elle, sarcastique.

— Je méritais cette flèche, murmura simplement Cesare.

Prise de court, Marine le dévisagea avec méfiance.

— Elle sera triste au début, mais elle s'en remettra, hasarda-t-elle d'une voix incertaine.

— J'aimerais qu'il en soit de même pour moi.

— Courage, comte ! lança Marine avec effronterie pour masquer sa douleur. Toutes les femmes ne sont pas comme moi !

— Non, c'est vrai...

Soudain, il lui prit le visage entre ses mains.

— Me pardonnerez-vous jamais, *cara* ?

Eberluée, Marine le fixa avec de grands yeux.

— Je... Que voulez-vous dire ?

— Federico m'a tout raconté, j'ai terriblement honte.

La jeune fille resta sur ses gardes : quelle explication Federico avait-il bien pu inventer ? Si seulement ils s'étaient vus, elle aurait pu cautionner sa version, tandis que là... elle savait seulement qu'il n'avait sûrement pas avoué la vérité ; c'était bien maigre.

— Euh, que vous a-t-il dit au juste ? questionna-t-elle prudemment.

— La vérité.

— Ah. C'est... c'est très bien.

— Oui, je sais qu'il vous a parlé de mon mariage.

Marine sursauta, ébahie. Comment ? Cesare savait tout et il n'était pas en colère ? Impossible !... Lui tendait-il un piège ?

— Il ne faut pas en vouloir à Federico, commença-t-elle lentement. Il était désolé que je vous juge si mal, et il voulait rectifier mon opinion de vous.

— Je regrette seulement qu'on en ait pas fait autant pour moi. Quand je pense à certaines des choses que je vous ai dites !... Pourrez-vous les oublier un jour ?

— Sans doute pas. Mais en tout cas, vous êtes convaincu maintenant qu'il n'y a rien entre Federico et moi, n'est-ce pas ?

— Oui, absolument, acquiesça Cesare en lui caressant la joue tout doucement.

Marine vacilla imperceptiblement. Ce qu'elle avait à dire était difficile, surtout quand il la touchait ainsi...

— Tant mieux, articula-t-elle à grand-peine. Ainsi, vous ne garderez pas un trop mauvais souvenir de moi.

La main du jeune homme s'immobilisa.

— Je ne vous laisserai pas partir !

— Vous ne pouvez pas m'en empêcher, rétorqua-t-elle. Vous n'appellerez pas la police, je le sais. En fait, vous n'en avez jamais eu l'intention. Si je vous avais mieux connu dès le départ, rien de tout ceci ne serait arrivé.

— A quoi faites-vous allusion ? demanda-t-il tout bas.

Elle ne put se résoudre à le regarder en face.

— Vous savez bien... Ces disputes, ces désagréments...

— Cela n'a pas été désagréable tout le temps, lui rappela-t-il d'une voix sensuelle.

— Ça l'a été trop souvent, insista Marine. Je m'en vais.

— Même si je promets de ne plus jamais élever la voix ?

— Vous seriez incapable de tenir une pareille promesse, je...

Il lui avait pris la main et la portait à ses lèvres. Un à un, il en baisa tous les doigts, la retourna, déposa un baiser au creux de la paume.

— Restez avec moi, Marine. Accordez-moi une nouvelle chance.

Ces baisers la marquaient de l'empreinte de Cesare, la faisaient sienne.

— Vous n'avez plus besoin de moi, ajouta-t-elle encore, le souffle court.

— Vous savez bien que si.

— Terry s'acclimatera peut-être mieux sans moi.

— Mais pas moi...

La maîtresse demandait aux enfants de se lever sagement et de ranger leurs crayons.

— Nous en discuterons ce soir en dînant, juste vous et moi, acheva Cesare.

— Mais j'ai réservé ma place sur le vol de six heures et demie...

— Nous annulerons la réservation.

Tout en s'habillant, Marine se répéta cent fois qu'elle avait perdu l'esprit. Comment avait-elle pu se laisser persuader de rester ? La contrition de Cesare ne durerait pas, ils recommenceraient à se quereller en un rien de temps. Alors pourquoi avait-elle été assez idiote pour accepter ?

... Parce que quand il le voulait, Cesare était désarmant.

Les yeux de la jeune fille se firent rêveurs. La façon dont il l'avait contemplée, tenue cet après-midi... se pouvait-il qu'il éprouve un peu d'affection pour elle, qu'il ne cède pas à une simple attirance physique ?

— Marine, puis-je entrer ? demanda Terry en frappant à la porte.

— Bien sûr mon poussin !

La petite fille s'assit à côté de la coiffeuse et regarda Marine se maquiller.

— Tu es jolie, la complimenta-t-elle. Tu sors ?

— Oui, je... ton père m'emmène dîner.

— Je veux venir aussi ! s'écria Terry avec empressement.

— Pas ce soir, mon trésor. Nous mangerons trop tard pour toi.

La fillette prit un air boudeur.

— Je n'aime pas dîner toute seule. Chez Roberta, nous étions beaucoup à table.

— C'est parce qu'elle a trois enfants.

Cette réponse plongea Terry dans une grande réflexion.

— Si mon papa se remarie, il aura d'autres bébés, observa-t-elle enfin.

— C'est très possible, convint Marine d'un ton

neutre. Un jour, peut-être, tu auras des frères et sœurs.

« Un jour », c'était trop vague.

— Pourquoi ne te maries-tu pas avec lui ? suggéra Terry.

Marine fut ravie de voir Anna apparaître sur ces entrefaites.

— Viens, Theresa, ton dîner est prêt, annonça la gouvernante.

La petite se leva sans enthousiasme et sortit. Dans le couloir, Marine l'entendit parlementer pour avoir deux desserts. La jeune fille fronça les sourcils, pensive : Terry était adorable, mais elle avait besoin d'être disciplinée, comme tout enfant. Qui s'en chargerait quand elle-même serait partie ? Devrait-elle aborder ce problème avec Cesare ? Mais que lui dirait-elle ? Terry a besoin d'une mère ?

L'idée d'une femme s'installant chez Cesare et endossant ce rôle lui déplaisait singulièrement.

Cesare emmena sa compagne dans un charmant restaurant abondamment fleuri. Des bougies éclairaient les tables, une douce musique de fond créait une ambiance agréable sans empêcher les conversations... L'ensemble était très romantique.

Marine en fit la réflexion au jeune homme :

— Les couples mariés doivent être rares, ici, plaisanta-t-elle. C'est vraiment un endroit destiné à ceux qui veulent séduire !

— Dans un bon mariage, ce désir ne disparaît jamais, répondit simplement Cesare.

La jeune fille retrouva aussitôt son sérieux.

— Pardonnez-moi, Cesare, j'ai parlé sans réfléchir.

Se penchant par-dessus la table, il lui prit les mains.

— N'ayez pas peur de me blesser, la rassura-t-il. Je ne considère pas mon union avec Evelyn comme un mariage. C'était une alliance fondée sur une duperie, et sur un manque d'amour réciproque. Je suis désolé qu'elle soit morte car je ne souhaite à personne de perdre la vie, mais c'est du regret que j'éprouve, non de la tristesse.

Marine scruta son visage indéchiffrable.

— Vous avez dû vous aimer un peu au début ?

— Non, il s'agissait purement d'une attirance physique. Si je n'avais pas été un homme riche, nous nous serions sans doute séparés rapidement, à l'amiable.

Le cœur serré, Marine retira ses mains et les croisa sur ses genoux en baissant les yeux. Cesare avait éprouvé pour Evelyn ce qu'il ressentait pour elle en ce moment ; ses yeux avaient lui de la même flamme, il avait prononcé les mêmes paroles séductrices. Et leur histoire avait eu une fin.

Si elle succombait, si elle se donnait à lui, elle devait se préparer à connaître la même fin. Saurait-elle le quitter « à l'amiable » ?

— Qu'y a-t-il, *cara ?* Quelque chose vous trouble, je le vois.

Marine se mordit la lèvre, dessina des cercles sur la nappe blanche du bout de son index...

— Cesare, il faut que nous parlions sérieusement.

— De quoi voulez-vous discuter ?

— Je dois vraiment rentrer aux Etats-Unis.

— Pourquoi ? Vous n'y avez pas de travail, pas d'attaches !

— Cela ne signifie pas que je peux flâner indéfiniment en Europe.

— Mais vous n'avez encore rien vu ! Il y a tant d'endroits où je veux vous emmener, tant de choses que je veux vous montrer ! Le Palais des Doges, les verreries de Murano, l'artisanat de la dentelle... Et puis toute la campagne environnante qui est magnifique.

— Vraiment ? je ne l'avais pas entendu dire.

— Parce que les touristes s'en tiennent à la ville même. Ils ne vont pas explorer les collines alentour. J'aimerais vous montrer notre villa, la *casa pacifica.*

— La maison paisible... quel beau nom ! murmura rêveusement la jeune fille. Elle doit être magnifique.

— Vous en jugerez par vous-même.

Cesare lui prit la main et la serra très fort, comme pour lui communiquer sa propre intensité.

— ... Une semaine, *cara,* c'est tout ce que je

vous demande. Accordez-moi une semaine, je
vous promets que vous ne le regretterez pas.

Quand elle était ainsi captive de son magné-
tisme, Marine ne pouvait rien lui refuser. Elle
dérivait dans un monde de bonheur sans nuage,
inconsciente des réalités. La chute viendrait, elle
le savait. Mais elle était prête à en courir le
risque.

Ils dansèrent sur la piste minuscule, étroitement enlacés. Marine avait l'impression de se
dissoudre, de se fondre en Cesare, de fusionner
totalement avec lui. Leurs cœurs battaient à
l'unisson, leurs corps déjà se cherchaient, s'appe-
laient. Une extase qu'elle ne pouvait que deviner
les attendait...

Il était trop tard pour revenir en arrière, et
Marine le savait.

Elle s'engageait dans une liaison avec Cesare
en étant parfaitement consciente des conséquences futures. Tant qu'il voudrait d'elle, elle serait
sienne. Plus tard, quand ce serait terminé, elle
saurait partir dignement. Elle l'aimerait toute sa
vie, mais il n'en saurait rien. Certaines femmes
traversaient l'existence sans jamais rencontrer
l'homme de leurs rêves ; une courte visite au
paradis ne valait-elle pas mieux que pas de visite
du tout ?

Par un accord tacite, ils quittèrent le restaurant, tendrement enlacés.

— Etes-vous heureuse, *cara ?* murmura Cesare
en aidant sa compagne à monter sur le bateau.

— Très heureuse, Cesare, acquiesça-t-elle doucement.

Et c'était vrai. Comme dans un rêve, elle gravit avec lui les marches menant au palais. Main dans la main, ils montèrent à l'étage. Là, Cesare la suivit dans sa chambre, fermant sans bruit la porte derrière eux.

Alors, prenant la jeune fille dans ses bras, il l'étreignit passionnément, comme pour assouvir une soif immense.

— Je n'aurais pas pu attendre beaucoup plus longtemps, souffla-t-il d'une voix étranglée.

— Moi non plus, chuchota Marine.

Et leurs lèvres s'unirent en un très long baiser.

Chapitre 9

Les volets étaient restés ouverts ; la lune traçait un chemin d'argent à travers la pièce, nimbant le couple enlacé d'une lumière irréelle.

Leur désir mutuel était si fort qu'il les consumait presque. Ils exprimaient en gestes ce que des mots n'auraient pas pu traduire. Sous les mains de Cesare, des flammes naissaient en Marine. Un plaisir intense, insupportable, l'envahissait à ses caresses. Ivre, paupières closes, elle s'abandonnait tout à la volupté et la fièvre montait en eux, irrépressible et si douce...

Dans un besoin inconscient de le toucher, de le connaître, elle déboutonna sa chemise et posa les mains sur sa peau nue, si ferme. Le jeune homme murmura son plaisir, l'encourageant à poursuivre son exploration, se soumettant à elle comme elle s'était soumise à lui.

C'est alors qu'un gémissement pathétique déchira le silence de la nuit.

— Marine ! Marine, viens vite !

L'espace d'une seconde, les deux jeunes gens se pétrifièrent comme des statues. Puis, retrouvant leurs esprits, ils se précipitèrent dans la chambre de Terry. La petite fille était assise dans son lit en larmes.

— Que se passe-t-il, mon poussin, as-tu fait un cauchemar ?

— Non, je ne me sens pas bien ! hoqueta-t-elle.

— Où as-tu mal ?

— Au ventre.

Cesare, visiblement inquiet, fit un pas vers la porte.

— J'appelle un médecin, déclara-t-il.

— Non, attendez...

Marine tâta le front de la fillette.

— ... Elle n'a pas de fièvre apparemment. Ce doit être une petite indigestion. Combien de desserts as-tu mangé hier soir ? ajouta-t-elle, se souvenant de la conversation entre Terry et Anna.

— Je ne sais plus, marmonna la petite en évitant son regard.

— Terry ? insista Marine, inexorable.

— J'ai eu de la glace avec des fruits confits dedans, et puis des fraises à la crème chantilly, et...

Elle devint livide, subitement.

— ... Je vais être malade ! prévint-elle d'une toute petite voix.

Marine la transporta à la salle de bains juste à

temps. Quand la crise fut passée, elle la ramena dans son lit.

— Que puis-je faire ? questionna Cesare, tout dérouté.

— Avoir une petite conversation avec Anna, demain, répondit la jeune fille avec un sourire rassurant. Si je ne m'abuse, le dîner de votre fille ce soir a consisté en de multiples desserts confectionnés par la gouvernante sur l'insistance de mademoiselle !

— Ce n'est rien de plus grave, vous en êtes sûre ?

— Tout à fait. Restez un moment avec elle pendant que je nettoie la salle d'eau.

— Ce n'est pas nécessaire, la femme de chambre s'en occupera demain.

— Je veux juste ranger un peu, assura Marine en le poussant gentiment vers le lit.

Cesare s'assit au bord du lit avec précaution, et caressa le front moite de Terry.

— Te sens-tu mieux maintenant, mon enfant chérie ? murmura-t-il.

Acquiesçant d'un signe, elle posa la tête sur l'épaule de son père et ferma les yeux. Une immense tendresse se peignit sur le visage du jeune homme. Il enlaça les épaules de Terry et fut bouleversé de la sentir se détendre contre lui.

Marine revint quelques instants plus tard. Croyant la petite fille endormie, elle fit signe à Cesare de se lever sans bruit, mais Terry ouvrit les paupières dès qu'il la lâcha.

— Marine, ne pars pas, je veux te dire quelque chose !

— D'accord, mon cœur.

La jeune fille lança un regard résigné à Cesare. Celui-ci embrassa Terry.

— Marine revient tout de suite, lui promit-il. Je veux juste lui souhaiter bonne nuit.

Ce disant, il entraîna sa compagne jusqu'au couloir. Là, il lui posa les mains sur les épaules et la contempla intensément.

— Que dire, *mi amore ?* murmura-t-il.

— Rien, ce sont des choses qui arrivent... C'est peut-être un signe du destin, ajouta-t-elle avec un petit sourire triste.

— Non ! la contredit-il farouchement. Ce sera différent la prochaine fois. Demain !

— Je ne sais pas, il est peut-être écrit que cela ne se fera pas.

— Comment pouvez-vous penser cela ? s'exclama le jeune homme à mi-voix. Nous sommes faits l'un pour l'autre, Marine.

D'un geste, elle désigna la porte entrebâillée.

— Ce n'est pas le moment d'en discuter.

Cesare acquiesça à contrecœur.

— Je vous laisse. Mais nous reprendrons là où nous en étions restés, je puis vous l'assurer, affirma-t-il d'un ton sans réplique.

Quand il se fut éloigné, Marine revint au chevet de Terry.

— Comment te sens-tu mon poussin ?

Terry inclina la tête sur l'épaule d'un petit air coupable.

— Es-tu en colère contre moi ?

— Bien sûr que non, voyons ! Pourquoi le serais-je ?

— J'ai obligé Anna à me donner ces desserts. Elle ne voulait pas.

— Eh bien cela t'a appris une leçon : il ne faut pas abuser des bonnes choses.

La petite fille approuva d'un signe de tête.

— Papa ne va pas la gronder, n'est-ce pas ? Ce n'était pas de sa faute.

— C'est très bien de ta part de l'admettre, la félicita Marine. Non, il ne la grondera pas.

— Il a été gentil avec moi, ce soir. Il m'a prise dans ses bras et il m'a embrassée.

— C'est parce qu'il t'aime.

— Ça m'a plu, conclut pensivement la fillette. Quand vous êtes arrivés ensemble, c'était comme si j'avais un papa et une maman.

La jeune fille se leva et borda les couvertures.

— Tu ferais bien de dormir, maintenant.

Les yeux de Terry se fermaient déjà quand elle atteignit la porte.

En rentrant dans sa chambre, Marine ferma les volets. Elle ne voulait plus de clair de lune ; il lui rappelait trop ce qui aurait pu se passer si... Elle se déshabilla à la lumière de la lampe de chevet, se coucha et éteignit en soupirant.

Le lendemain matin, quand Marine ouvrit des

yeux ensommeillés, elle découvrit Cesare au pied
de son lit. Elle fut aussitôt réveillée.

— Que se passe-t-il ? Terry ?

— Elle dort comme un petit ange. J'ai jugé
préférable de la garder à la maison aujourd'hui.

La jeune fille poussa un soupir, soulagée.

— C'est une bonne idée, approuva-t-elle. Elle
n'a pas eu assez de sommeil la nuit dernière.

— Et moi je n'ai pas eu assez de vous, murmura Cesare d'une voix altérée.

Marine lutta contre le trouble qui l'envahissait
déjà.

— Terry va bientôt se réveiller, souligna-t-elle.

Elle ne supporterait pas une seconde fois de
connaître de tels transports pour être brutalement interrompue.

— Je sais, acquiesça Cesare d'un ton de regret.
Sinon, je vous aurais déjà rejointe sous ces draps.
J'aurais ôté cette chemise de nuit pour pouvoir
vous embrasser tout entière, poursuivit-il en
suivant du doigt l'encolure de la nuisette. Je vous
aurais aimée, encore et encore...

— Cesare, je vous en prie, supplia Marine, le
cœur battant la chamade.

Mais de quoi le suppliait-elle, elle n'aurait su le
dire...

— Vous avez raison, *mi amore.*

Il interrompit sa caresse.

— Vous êtes si belle que je dois me retenir de
vous toucher, dit-il. Mais je saurai attendre à ce
soir.

Se penchant, il embrassa tendrement la jeune fille. Mais comme elle faisait mine de se blottir contre lui, il se redressa, le souffle altéré.

— Rendormez-vous, *amore*.

Comment l'aurait-elle pu, quand tout son corps vibrait d'un désir que lui seul pouvait assouvir ? Avec un soupir, Marine se pelotonna sous les couvertures. Ce soir... Elle ne doutait plus, elle n'hésitait plus. Ce soir, elle se donnerait à Cesare, elle serait sienne.

Elle s'endormit, un sourire aux lèvres.

Terry la réveilla un moment plus tard en grimpant sur son lit.

— Comment vas-tu ce matin ? demanda-t-elle à la petite fille.

— Bien. N'est-ce pas l'heure d'aller à l'école ?

— Ton papa et moi avons pensé qu'il valait mieux te garder à la maison aujourd'hui.

— Mais je suis guérie ! protesta Terry. Je vais m'ennuyer si je reste ici !

— Nous trouverons à nous occuper, promit Marine. J'ai une idée : demandons à Anna de nous donner des bouts de tissu ; nous confectionnerons une garde-robe à ta poupée.

— Je ne sais pas coudre.

— Je t'apprendrai.

Terry fut ravie de cette suggestion. Elle voulait commencer tout de suite, mais Marine réussit à la convaincre de s'habiller et de déjeuner d'abord.

La journée passa très vite. Terry adorait sa

nouvelle occupation, et la salle de jeux que Cesare avait aménagée pour elle fut bientôt jonchée de chutes bariolées. Cependant, à mesure que les heures passaient, la tension de Marine croissait. Cesare rentrerait bientôt... l'attente était presque intolérable.

Quand des pas retentirent dans le couloir, elle tourna vers la porte des yeux brillants. Mais c'était Federico, et non son frère aîné.

— Bonsoir ma petite nièce ! Qu'est-ce que j'apprends ? Tu n'as pas l'air malade du tout !

— J'ai été très malade cette nuit. J'avais mangé trois desserts ! l'informa fièrement Terry.

Puisqu'elle n'avait pas été grondée pour ce haut fait, elle en était venue à le considérer comme une véritable prouesse.

— Veux-tu voir les robes que nous avons faites, oncle Freddy ? ajouta-t-elle aussitôt.

— Bien entendu, acquiesça solennellement le jeune homme.

Après que leurs chefs-d'œuvre aient été dûment admirés, Marine tendit un ouvrage à la fillette.

— Finis de coudre cet ourlet pendant que je parle avec oncle Freddy.

Les deux jeunes gens sortirent dans le couloir.

— Vous êtes très bon d'avoir dit la vérité à Cesare, mais ce n'était pas nécessaire, commença Marine. Je ne vous aurais pas trahi.

— Je sais, c'est bien pourquoi il me revenait de parler... Sinon, il aurait été capable de me lapider ! ajouta-t-il en riant.

— Mais non, protesta sa compagne. Il n'était même pas furieux que vous m'ayez fait ces confidences le concernant.

— Peut-être pas quand vous l'avez vu, mais croyez-moi, quand nous en avons discuté tous les deux, il était comme un tigre enragé !

— Hum, oui, je l'ai vu ainsi, reconnut Marine. Quand il nous soupçonnait d'avoir une liaison. Sans doute estimait-il que nous salissions l'honneur de la famille.

— Allons donc ! Vous savez bien que sa colère avait une autre cause ! lança Federico. Quand reconnaîtrez-vous enfin la nature des liens qui vous unissent l'un à l'autre ? Quant à moi, je l'ai compris tout de suite, et j'en ai été heureux. Jusqu'à ce qu'il vous rencontre, Cesare se méfiait des femmes, il avait des liaisons, bien sûr, mais il n'y attachait aucune importance.

— Pourquoi pensez-vous que ses sentiments pour moi seraient différents ?

— Je le vois dans ses yeux, répondit simplement le jeune homme.

— J'espère que vous avez raison, murmura Marine, incapable de dissimuler son amour plus longtemps.

— Je ne vous demande qu'une chose : ne lui faites pas de mal. Cesare a confiance en vous. Si vous le trahissez, il ne s'en remettra pas.

— Vous n'avez rien à craindre de moi, assura la jeune fille, très émue.

— Je l'espère. Je vous ai donné toutes les

armes contre lui. Je ne me pardonnerai jamais d'avoir commis une erreur.

— Marine ! Le fil est sorti de l'aiguille !

Un sourire éclaira le visage de Federico.

— Hoho ! la crise est grave !... Je ne dînerai pas à la maison, ajouta-t-il en embrassant Marine sur la joue. Dites à Cesare que M. Martino est en ville, le directeur de nos mines du Sud. J'ai rendez-vous avec lui.

Marine revint auprès de Terry, la tête bourdonnante des affirmations de Federico. Se pouvait-il que Cesare éprouve vraiment de l'attachement pour elle ?

Cesare rentra peu après. En l'entendant arriver, Marine se leva, le cœur battant. Dès qu'il pénétra dans la pièce il s'avança vers elle en la contemplant éperdument.

— Je voudrais vous prendre dans mes bras tout de suite, murmura-t-il d'une voix altérée.

— Est-ce que vous vous dites des secrets ? s'enquit Terry, toute curieuse.

Avec un rire gai, son père la souleva de terre et posa un baiser sonore sur sa joue. Le geste était spontané, et l'enfant ne songea pas à le repousser.

— Non, nous faisions des projets pour ce soir, expliqua Cesare.

— Qu'allez-vous faire ?

— Oh, cela dépendra entièrement des désirs de Marine, plaisanta-t-il.

La jeune fille s'empourpra légèrement.

— Commençons à tout ranger, il va bientôt être l'heure de ton dîner, déclara-t-elle très vite.

— Tu mangeras sagement ce soir, n'est-ce pas ? intervint Cesare.

— Je ne prendrai aucun dessert, promit Terry.

— C'est une excellente résolution... en tout cas pour aujourd'hui, approuva le jeune homme.

Le restaurant où Cesare emmena Marine était aussi élégant que le premier, mais il ne disposait pas d'une piste de danse.

— J'espère que cela ne vous ennuie pas, *cara*. Je craignais de ne pas pouvoir me dominer si je vous tenais dans mes bras, expliqua-t-il.

— Comment ! Même en public ? le taquina-t-elle.

— Oh oui, assura Cesare... Oh, Marine, ce sera si merveilleux, ajouta-t-il gravement.

Le cœur battant, elle lui rendit son regard.

— Je sais, murmura-t-elle simplement.

S'il le lui avait demandé, elle serait rentrée au palais sur l'instant. Mais Cesare voulait que leur union soit l'aboutissement d'une merveilleuse soirée, et non un hâtif plaisir des sens. Marine le devinait, et elle lui était reconnaissante de cette délicatesse. Elle le contempla avec des yeux où l'amour brillait à son insu.

— Ne faites pas cela, *cara*, pria Cesare d'une voix altérée.

— Quoi donc ?

— Quand vous me regardez ainsi, je ne peux plus résister au désir de vous étreindre.

Marine, gênée d'avoir si ouvertement dévoilé ses sentiments, se hâta de plaisanter :

— Toutes les femmes vous regardent. J'essaie simplement de retenir votre attention !

— Et vous l'aurez tout entière, toute une nuit, promit-il.

Le cœur de la jeune fille se serra douloureusement. Cesare lui offrait une nuit, quand elle aurait voulu tellement davantage ! Une fois de plus, elle se réfugia dans la taquinerie.

— Nous verrons bien, lança-t-elle avec désinvolture. Vos promesses ne suffisent pas à m'éblouir, je veux des preuves !

— Est-ce votre vaste expérience des hommes qui vous a rendue si exigeante ? répliqua Cesare.

— Absolument.

— Vous plaisantez, n'est-ce pas ?

— Pourquoi ? Vous-même, vous avez eu de multiples conquêtes, je crois ?

Marine n'avait pas su s'arrêter à temps. Les yeux luisants de colère, Cesare lui saisit le poignet.

— Y a-t-il eu beaucoup d'hommes dans votre vie ? Répondez-moi ! gronda-t-il d'une voix sourde.

La jeune fille, d'abord interloquée, prit soudain conscience de la situation. Elle avait voulu rire, bien sûr ; mais Cesare, marié quelque temps à une épouse volage, ne pouvait pas comprendre ce genre de plaisanterie.

— Non, il n'y en a pas eu beaucoup, répondit-elle lentement.

— Combien ?

Cette question était injuste, elle décida de ne pas y répondre.

— Quel serait le bon chiffre ? lança-t-elle. Deux seraient acceptables mais dix, inadmissibles ?

Cesare étouffa une imprécation.

— Vous avez raison, je n'aurais pas dû vous le demander, reconnut-il d'une voix où perçait la douleur. L'idée d'un autre vous tenant dans ses bras, vous caressant... cela m'est insupportable.

Marine se reprochait amèrement l'instinct pervers qui l'avait poussée à se présenter sous un faux jour. Les joues brûlantes, elle baissa les cils.

— Il n'y a eu personne d'autre, Cesare, avoua-t-elle dans un souffle.

— Vous n'avez pas besoin de me dire cela, *amore*, assura Cesare. Je sais que c'est dans une bonne intention, mais c'est inutile.

Un sourire trembla sur les lèvres de la jeune fille.

— J'espère que vous ne serez pas déçu en découvrant que c'est la vérité.

L'incrédulité, l'espoir et l'émerveillement se succédèrent rapidement sur les traits du jeune homme.

— *Carissima*, chuchota-t-il. Je n'aurais jamais

rêvé... Oh, vous n'aurez rien à craindre de moi, *amore*, ajouta-t-il avec une tendresse infinie.

— Je sais, répondit-elle doucement.

— Rentrons maintenant.

Quand ils furent dehors, Cesare prit sa compagne dans ses bras. Sa passion était contenue, il n'y avait que de la tendresse dans la façon dont il la tenait. Marine lui enlaça la taille et posa la joue sur son torse, humant avec délice le parfum frais et viril qui émanait de lui. Le bonheur qu'elle éprouvait lui faisait presque peur tant il était fort.

Ils furent silencieux pendant le trajet en bateau, partageant des sentiments inexprimables par les mots.

Le calme régnait dans la maison ; seules quelques veilleuses étaient allumées. Cesare garda un bras sur les épaules de la jeune fille tandis qu'ils montaient l'escalier. En haut des marches, il la guida vers sa chambre.

— Nous y serons plus tranquilles, expliqua-t-il comme elle lui jetait un regard étonné.

La chambre de Cesare était grande et imposante, comme son habitant. Marine n'eut guère le loisir de l'admirer cependant. Sitôt la porte refermée, le jeune homme la serra contre lui.

— Sais-tu combien de temps j'ai attendu ce moment ? souffla-t-il. Ce soir enfin, tu seras mienne !

Un frisson de plaisir traversa Marine. Son

compagnon se méprit sur le sens de ce tremble-
ment.

— N'aie pas peur, petite fille, chuchota-t-il en
la contemplant tendrement. Je ne te ferai pas de
mal, jamais.

— Je n'ai pas peur, assura-t-elle tout bas.

Profondément ému, il la prit et l'emporta
jusqu'au lit, comme un objet infiniment précieux. Puis il vint la rejoindre. Allongé sur le côté,
la tête soutenue sur une main, il la dévisagea
longuement.

— T'ai-je déjà dit combien tu es adorable ?

— Redis-le moi, murmura Marine, ivre du
désir qu'elle lisait dans ses yeux.

— Tu es la perfection même. Tes yeux, ta
bouche...

Il ponctuait chaque mot d'un baiser très léger.
Mais quand il effleura les lèvres de la jeune fille,
elle se tendit pour mieux s'offrir, lui nouant les
mains derrière la nuque.

L'ardeur de Cesare s'embrasa rapidement, leur
baiser se fit intense, profond. Une flamme brûlante lécha le corps de Marine, se répandit dans
ses membres, la consuma toute. Tremblante, elle
entreprit de déboutonner la chemise de son
compagnon.

On frappa à la porte.

— Cesare, puis-je te parler un moment ?
demanda la voix assourdie de Federico.

Stupéfait, Cesare se redressa.

— Je ne peux pas le croire! souffla-t-il en secouant la tête.

— Je sais qu'il est tard, mais il faut absolument que nous discutions de ce problème. Puis-je entrer?

— Non! Attends une minute.

Le jeune homme se tourna vivement vers sa compagne.

— Allez dans le boudoir contigu. J'en ai pour un petit instant.

Marine obéit, déconcertée et mal à l'aise. La volupté extraordinaire qu'elle venait de vivre avait cédé la place à un sentiment de honte. C'était si sordide de devoir se cacher ainsi! Cela ternissait son amour pour Cesare.

Celui-ci parlementait avec son frère, en essayant de garder son sang-froid.

— Ce que tu as à me dire peut sûrement attendre à demain, Federico.

— Je suis désolé, mais je ne le pense pas. J'ai dîné avec Martino, ce soir. Il y a un mouvement de mécontentement à la mine. Nous devons discuter ensemble des exigences du syndicat pour que je lui apporte notre réponse demain matin. Je le revois à huit heures.

Cesare marqua un temps d'hésitation.

— Descends m'attendre au bureau, soupira-t-il. Je te rejoins.

Quand il eut refermé la porte, Marine sortit de sa cachette.

— Je suis navré, *amore mio*, dit Cesare en l'attirant dans ses bras.

La jeune fille se dégagea.

— Ce n'est pas de votre faute.

— Attendez-moi, demanda-t-il en la retenant. Je remonterai très vite.

— Non, Cesare, ce ne serait plus pareil. Je ne pourrais plus...

— Ne dites pas cela ! Je sais ce que vous ressentez en ce moment, mais je saurai vous le faire oublier, croyez-moi.

— Nous ne pouvons pas continuer ainsi ! éclata Marine, le visage bouleversé. A chaque fois, quelque chose nous sépare !

— Cela ne se reproduira pas, affirma le jeune homme d'une voix apaisante.

Elle fit un signe de dénégation, puis tressaillit soudain ; une idée venait de lui traverser l'esprit.

— Votre maison de campagne ! Ne pourrions-nous pas y aller ? demanda-t-elle.

— Mais oui ! s'exclama Cesare, rayonnant d'enthousiasme. Pourquoi n'y ai-je pas pensé plus tôt ? Nous irons à la *casa pacifica*, et nous y serons entièrement seuls... Nous nous aimerons sans relâche, nuit et jour, promit-il en serrant la jeune fille.

Son exaltation la gagna à son tour.

— Pouvons-nous y aller demain ?

Le jeune homme s'assombrit.

— Je dois me rendre à Zurich pour la journée, l'informa-t-il d'un air de regret.

— Je comprends, affirma Marine en dissimu-
lant de son mieux sa déception.

— J'annulerai mon rendez-vous, proposa
Cesare.

Marine fit signe que non.

— Cela ne servirait à rien : Terry doit aller à la
maternelle.

— J'ai une idée ! Demain, nous sommes jeudi.
J'irai à Zurich régler mes affaires. Et vendredi,
Federico ira chercher Theresa à l'école tandis que
nous irons à la villa. Ainsi, nous pourrons y
passer tout le week-end.

Une expression de joie profonde rayonna dans
les yeux de Marine.

— Je vous ferai oublier tous les obstacles que
nous avons rencontrés, *cara,* promit Cesare d'une
voix très douce.

Chapitre 10

Marine rentra de l'aéroport très agitée et incapable de tenir en place, le lendemain. Cesare et elle avaient accompagné Terry à l'école, puis elle avait emmené le jeune homme prendre son avion. Elle était libre jusqu'au soir, libre de compter les minutes jusqu'au lendemain...

Que faire pour s'occuper ? A force de tourner en rond, elle résolut d'aller sur la plage du Lido. Son long bain de soleil l'avait calmée quelques jours plus tôt, peut-être retrouverait-elle aujourd'hui la tranquillité d'esprit qui lui faisait défaut en s'allongeant sur le sable.

Elle enfila son maillot de bain et passa un petit ensemble en éponge par-dessus.

Par chance, la plage était relativement déserte à cette heure matinale. La jeune fille étala sa serviette avec satisfaction. Elle n'avait pas envie de bavarder avec quiconque, elle voulait fermer les yeux et penser à Cesare. L'arrivée de Ron, peu après, contrecarra ce projet.

— Vous m'avez négligé, ces derniers temps, geignit-il en s'asseyant à côté d'elle.

Marine poussa un soupir résigné.

— J'étais occupée.

— Oui, toutes ces longues soirées dans les plus grands restaurants, commenta-t-il d'un air entendu.

— Comment savez-vous ce que j'ai fait ?

— C'est logique, non ? vous avez dû veiller tard tous les soirs, pour ne pas avoir la force de venir à la plage, expliqua-t-il innocemment.

Ce pouvait être une coïncidence... tout comme cela pouvait être autre chose. Ron semblait particulièrement bien renseigné sur ses faits et gestes. Mais comment saurait-il quoi que ce soit à moins de la suivre ? Et pourquoi ferait-il une chose pareille ? C'était absurde. Marine conclut qu'elle se laissait entraîner par son imagination à cause de sa nervosité.

— Eh bien vous vous trompez, affirma-t-elle. J'ai eu à faire, voilà tout.

— J'aimerais pouvoir en dire autant. J'en ai assez de Venise.

— Pourquoi ne partez-vous pas ?

— Ce serait avec plaisir ! J'irais volontiers à Rome, ou à Paris. Là où il se passe quelque chose. Ici, il n'y a que des attractions touristiques, acheva-t-il, oubliant pour une fois son masque habituel de contentement.

— Dans ce cas, qu'est-ce qui vous retient ?

— L'espoir de vous séduire, déclara-t-il avec un sourire ironique.

— Allons donc! Vous ne voulez pas me faire croire ça!

— On ne sait jamais! plaisanta-t-il. Non, en fait, j'attends la conclusion d'une affaire, et cela prend plus de temps que je ne l'avais prévu.

— Souhaitons qu'elle soit couronnée de succès.

— Elle le sera, affirma Ron avec conviction. Et vous, Marine, quand rentrez-vous aux Etats-Unis?

— Je ne sais pas, je... je n'y ai pas vraiment réfléchi.

— Le séduisant comte doit être plus persuasif que moi, commenta-t-il.

— Ne vous faites pas plus stupide que vous l'êtes déjà, rétorqua froidement Marine.

— Désolé, c'était juste une hypothèse. Vous vivez chez lui, vous vous occupez de sa fille... Seriez-vous son employée, finalement?

— Non. Je... je l'aide, voilà tout.

— S'il ne vous paie pas, il vous exploite. Votre temps ne vous appartient pas, vous ne pouvez jamais aller nulle part...

— Ce n'est pas vrai, je suis allée visiter la ville l'autre jour.

— Oui, entre dix heures et quatre heures! railla-t-il. Et avec l'oeil collé à la montre!

L'opinion de Ron ne lui importait nullement, mais ses sous-entendus agaçaient Marine.

— En fait, Cesare... le comte a justement l'intention de m'emmener à la campagne demain, déclara-t-elle.

— Pour que vous puissiez donner à manger à la petite et lui faire faire sa sieste ? Ouvrez donc les yeux ! Il se sert de vous !

Sa condescendance était intolérable.

— Je suis navrée de vous décevoir, mais Terry ne vient pas avec nous. Nous partons pour la propriété de famille du comte.

Elle avait pris bien soin d'employer un « nous » vague pour donner l'impression qu'il s'agissait de tout un groupe. Plus tard, elle regretterait amèrement de s'être laissée excéder de la sorte par Ron. Mais sur l'heure, la réaction de dépit du jeune homme lui procura une intense satisfaction.

— C'est bon, je me suis trompé, reconnut-il de mauvaise grâce. J'avais l'impression qu'il ne quittait jamais cette enfant des yeux.

— Cesare n'est pas si terrible. Il s'inquiète de sa sécurité, voilà tout. Moi aussi, du reste. Je n'aurais jamais accepté de partir s'il n'y avait pas eu son oncle pour s'en occuper.

— Le jeune homme que j'ai vu avec vous l'autre soir ?... Un beau garçon, commenta Ron. Décidément, je n'ai aucune chance. Vous êtes entourée de beaux Italiens riches et nobles. Comment pourrais-je me mesurer à eux ?

Vous ne leur arriveriez pas à la cheville, songea Marine, exaspérée. Si seulement il pouvait s'en aller ! Elle commençait à trouver sa compagnie pesante...

Hélas, elle n'eut pas cette chance. Il resta avec elle jusqu'à ce qu'elle se lève pour partir, et il l'accompagna au débarcadère. Mais pour la première fois, il ne lui demanda pas quand il la reverrait. Dieu merci, il avait enfin compris ! Il se montra même beau joueur :

— Amusez-vous bien, demain ! lança-t-il comme le bateau s'éloignait du quai.

La journée s'acheva enfin, et la nuit s'écoula aussi. Quand elle emmena Terry à l'école le vendredi matin, Marine rappela aux sœurs Tarantino que Federico viendrait la chercher l'après-midi. Elles observèrent en riant que Marine était plus nerveuse encore que le père de l'enfant, sans se douter que son agitation avait une autre cause.

En rentrant au palais, elle réfléchit longuement à ce qu'elle allait mettre. Elle voulait une tenue pratique, pour le voyage, mais féminine. Elle opta pour un compromis : un jean bien coupé qui mettait en valeur ses formes rondes et un chemisier romantique, en coton blanc bordé de dentelle au col et aux manches.

Bien qu'elle ait consacré beaucoup de temps à sa toilette, elle fut prête longtemps avant le retour de Cesare. Tandis que les minutes passaient, avec une lenteur torturante, la jeune fille fut reprise de doutes. Avait-elle raison d'aller à la

campagne avec Cesare ? C'était elle qui avait eu
l'idée de cette excursion, après tout ; pas lui. Il
avait accepté, mais qu'est-ce que cela représentait pour lui ? Un week-end banal avec une
maîtresse temporaire ? Si jamais il devinait la
profondeur de l'amour qu'elle lui portait, en
serait-il effrayé ?

Quand Cesare arriva, Marine oublia toutes ces
questions. Un seul regard sur son visage aimé
suffit à la convaincre qu'elle ne regretterait rien,
quoi qu'il arrive par la suite.

La même détermination se lisait dans les yeux
de Cesare. Il ouvrit les bras à Marine et la serra
contre lui passionnément, si fort qu'elle entendait les battements désordonnés de son cœur.
Leur étreinte mutuelle fut plus parlante que tous
les mots.

Cesare y mit fin à regret.

— Accompagnez-moi en haut, *cara*. Je vais
jeter quelques affaires dans un sac de voyage et
nous partirons aussitôt.

La jeune fille s'assit au bord du lit et le regarda
vider sa valise, y mettre des tenues de rechange.
Il lui demanda des nouvelles de Terry, lui raconta
les menus événements de son voyage à Zurich...
Un sentiment indescriptible s'empara de Marine.
Cette conversation était si naturelle, si intime...
presque comme s'ils avaient été mariés.

La voiture de Cesare, une Ferrari rouge, était dans un garage au sortir de la ville. Quand ils y montèrent, Marine observa :

— Je m'étais si bien habituée aux bateaux que j'en avais presque oublié l'existence des voitures, dit-elle.

— Quel moyen de locomotion préférez-vous ?

— Je sais que les hommes raffolent des automobiles, mais je l'avoue, j'aime mieux les bateaux. Ils glissent doucement sur l'eau, et ils sont plus romantiques.

Pendant le trajet, ils roulèrent en silence, absorbés dans des pensées similaires. Marine s'efforçait de regarder le paysage qui défilait derrière la vitre, mais c'était peine perdue. Son esprit vagabond l'entraînait loin des figuiers et des oliviers, ses yeux rêveurs ne voyaient pas les prairies tapissées de fleurs et les fermes anciennes...

Enfin, Cesare ralentit, puis s'arrêta devant un haut portail actionné par une commande électronique. Les vantaux s'ouvrirent silencieusement, puis se refermèrent apres le passage de la Ferrari.

— Cette fois, nous ne serons pas interrompus, déclara le jeune homme avec satisfaction.

C'était presque trop beau pour être vrai.

— Et si des voisins viennent rendre visite ? lança Marine.

— Il y a un interphone au portail. Il faudrait qu'ils s'en servent, et nous ne décrocherions pas.

La jeune fille n'avait pas à s'inquiéter d'éventuels voisins : la villa était entourée de plusieurs hectares de terrain, ceints d'un haut mur de pierre. Une allée traversait le parc et montait en lacets à flanc de coteau. On débouchait au sommet de la colline sur une esplanade au milieu de laquelle se dressait la demeure. Longue, basse, construite dans le style méditerranéen, elle dominait un paysage extraordinaire.

— Oh Cesare, c'est magnifique ! s'exclama Marine, émerveillée.

L'intérieur offrait un contraste saisissant avec le décor somptueux et austère du palais. Le mobilier était moderne, les tons de beige et de blanc dominaient, avivés par des notes de couleurs éclatantes.

Un large patio courait tout le long de la façade arrière, qui donnait sur une piscine étincelante.

— Pourquoi ne m'avez-vous pas prévenue ? s'exclama Marine. J'aurais apporté mon maillot !

Cesare ne put s'empêcher de rire devant tant de candeur. Enlaçant les épaules de sa compagne, il l'entraîna à l'intérieur.

— Venez ! Installons-nous, puis nous verrons ce qu'il y a dans le réfrigérateur... J'ai donné deux jours de congé aux domestiques, ajouta-t-il avec un sourire tendre.

La chambre à coucher dans laquelle il la conduisit était indiscutablement masculine. Un lit immense tendu d'une courtepointe beige, des tentures sobres, un mobilier de bois clair aux lignes pures... une photo encadrée de Terry, sur la commode, était le seul élément de décoration de cette pièce austère et néanmoins agréable.

Marine éprouva une légère gêne quand Cesare lui indiqua dans quels tiroirs ranger ses effets. Elle allait partager sa chambre, bien sûr. En prendre une autre serait d'une hypocrisie absurde.

Il agissait avec tant de naturel ! Avait-il amené de nombreuses femmes ici ? N'était-elle que la dernière en date d'une longue liste ?... Elle était sotte de se poser de telles questions. Elle connaissait la situation, elle était venue en toute connaissance de cause. Alors pourquoi y revenir ?

Malgré sa volonté de faire bonne figure ses sentiments devaient se lire sur son visage, car Cesare reposa le pantalon qu'il s'apprêtait à suspendre et la scruta.

— Qu'y a-t-il, Marine ?

Elle arbora un grand sourire.

— Rien, pourquoi ?

Le jeune homme vint à elle et fouilla son regard.

— Qu'est-ce qui ne va pas, mon cœur ? Auriez-vous des regrets ?

— Que feriez-vous si c'était le cas ? demanda-t-elle posément.

Son compagnon se crispa imperceptiblement.

— J'essaierais de vous les ôter. Et si je n'y parvenais pas, je vous ramènerais à Venise.

— Vous ne seriez pas en colère ? questionna-t-elle d'une petite voix mal assurée.

Représentait-elle donc si peu pour lui ?

Un sourire sans joie se dessina sur les lèvres de Cesare.

— Non, je serais déçu, frustré, peut-être même atterré, mais je ne serais pas en colère... Avez-vous changé d'avis, Marine ?

Les yeux dans les yeux de celui qu'elle aimait, la jeune fille sut qu'elle ne reculerait plus.

— Non, dit-elle d'une voix nette et calme.

Le soulagement, puis le souci, s'inscrivirent sur les traits de Cesare.

— Quelque chose vous chagrine, toutefois. Je veux savoir ce que c'est, *cara*. Avez-vous peur ? Je le comprendrais...

Elle secoua la tête en signe de dénégation.

— J'ai confiance en vous, Cesare.

Il retint son souffle, éperdu d'émotion.

— Oh, Marine ! souffla-t-il en la serrant contre son cœur, je ne peux plus vous laisser partir dorénavant.

Elle lui noua les bras autour du cou pour mieux l'étreindre.

— Je ne le veux pas, assura-t-elle. Je regrette mon mouvement d'humeur, ce n'était pas raisonnable. Vous serez le premier pour moi, mais je n'attends pas la réciproque. Je me moque de savoir combien de femmes ont partagé ce lit avec vous.

— Est-ce ce qui vous tourmentait ?...

La soulevant dans ses bras, il la porta jusqu'au lit et s'y assit avec elle.

— Je n'ai jamais amené une autre femme ici, *cara*, affirma-t-il tendrement. Pas même Evelyn. Cette maison a toujours été mon lieu de retraite, un refuge où je puis me détendre et être moi-même, pas le comte Branzini, le chef de la famille, ou le bon parti que l'on s'arrache.

— Pourquoi ne pas me l'avoir dit ? se troubla Marine. Nous aurions pu aller ailleurs.

Il secoua la tête.

— C'était l'endroit idéal. J'ai passé trop de nuits seul dans ce lit, hanté de rêves fous, à me demander si je trouverais un jour la personne qui les réaliserait.

En parlant, avec des gestes très doux, il avait allongé sa compagne et s'était étendu à côté d'elle. Se redressant sur un coude, Marine lui prit le visage à deux mains et se pencha sur lui ; ses cheveux retombèrent en un rideau soyeux sur eux.

— Pourrais-je être cette personne, Cesare ? murmura-t-elle.

— N'en doute pas, *amore*, répondit-il.

Comme leurs lèvres s'unissaient, il l'attira sur lui. Le sentir ainsi, de tout son long, alluma un feu lent en elle. Une sourde langueur se déploya au plus profond d'elle-même. Elle glissa les doigts dans ses cheveux noirs et fit pleuvoir des baisers sur son visage altier.

— Voici ce que j'avais envie de faire dans la voiture, chuchota-t-elle.

Cesare rit tendrement.

— Aimerais-tu savoir ce que moi j'ai envie de faire ?

Rougissante, elle sourit.

— Je crois le savoir.

— Peut-être voudras-tu quand même que je te le raconte, suggéra-t-il en la faisant rouler sous lui.

Effleurant sa gorge de légers baisers, il entreprit de défaire un à un les petits boutons de son chemisier. Au fur et à mesure qu'ils s'ouvraient, sa bouche suivait, glissant sur la peau satinée de Marine.

Quand le corsage fut ouvert jusqu'à la taille, il le sortit du jean et se pencha pour embrasser le ventre plat de la jeune fille. Elle poussa un petit soupir étranglé.

— Ce n'était que le début, annonça Cesare. Voici la suite.

Il dégrafa son soutien-gorge et le fit glisser sur ses épaules, avec le chemisier. Puis, l'aidant à se redresser, il la caressa tout doucement en la contemplant. Marine baissa ses longs cils recourbés.

— Cesare, ne...

— Chut, mon ange, ne sois pas timide. Tu es délicieuse, je veux te regarder, me réjouir de ta beauté, t'aimer tout entière...

Du bout des doigts, il dessina la ligne de ses épaules, puis la rondeur de ses seins. Ses lèvres suivirent le même chemin.

Un frisson traversa Marine de part en part, elle

s'arqua sous la caresse chaude. Avec des gestes fébriles, elle commença à dévêtir son compagnon. Puis elle lui passa les mains derrière la nuque et lui tendit ses lèvres. Sa jeune poitrine effleura le torse du jeune homme, si légèrement, si délicatement... Avec un soupir inarticulé, il l'étreignit.

La fièvre montait en eux, chaque caresse exacerbait leur désir, le rendait plus aigu et plus insatiable à la fois. Ils achevèrent de se déshabiller mutuellement ; bientôt, ils furent nus. Marine tremblait d'une volupté indicible. Elle était portée sur une vague tiède, elle montait sans cesse dans un univers de sensations brûlantes et douces, exquises et déchirantes. Comme dans un rêve, elle murmura le nom de son compagnon.

Alors, Cesare compléta leur union. Elle se raidit imperceptiblement, mais il la tenait dans ses bras, la caressant et l'embrassant sans relâche.

— Abandonne-toi, chuchotait-il. Aie confiance en moi.

Une sensation inconnue se fit jour en elle, un rythme fait de douleur et d'extase mêlées. Elle se tendit de tout son être, serrant Cesare contre elle, prenant avec lui le chemin d'un plaisir qu'elle ne connaissait pas. Ce fut un éblouissement, une explosion d'une infinie douceur, le point culminant où ses sens embrasés connurent le plein épanouissement, puis le retour progressif, en vagues, le calme, et la plénitude.

Quand Marine ouvrit enfin les yeux, elle découvrit Cesare, qui la contemplait avec adoration.

Longtemps, ils restèrent allongés, dans les bras l'un de l'autre, savourant en silence l'émerveillement de ces instants. Le premier, Cesare s'agita.

— As-tu faim ? demanda-t-il.

Marine éclata de rire.

— Ce n'est pas très romantique ! Notre lune de miel serait-elle déjà achevée ?

— J'ai besoin de prendre des forces, riposta-t-il, malicieux.

— Et tu es si grand ! Tu dois beaucoup te nourrir, renchérit-elle en le caressant de l'épaule jusqu'à la cuisse.

Une lueur s'alluma dans les prunelles du jeune homme.

— Si tu continues, je vais commencer par te manger toi !

— Non, il te faut des nourritures plus substantielles, décréta-t-elle en sautant à terre.

Comme elle ramassait son jean, Cesare tendit le bras pour l'en empêcher.

— Tu n'as pas besoin de te rhabiller, voyons ! Nous sommes seuls, ici !

— Mais, nous ne pouvons pas manger ainsi ! s'écria Marine, choquée.

— Pourquoi pas ?

— Parce que... parce que nous ne pouvons pas, voilà tout.

Amusé, Cesare céda.

— C'est bon, mettons des peignoirs... Mais

seulement pendant le déjeuner ! Ensuite, je veux te revoir en tenue d'Eve, acheva-t-il tendrement.

— Elle portait une feuille de vigne, lui rappela Marine.

— Cela peut s'arranger, sourit son compagnon.

Le réfrigérateur regorgeait de victuailles. Marine confectionna des sandwiches géants, qu'elle accompagna de salades toutes prêtes.

Les deux jeunes gens bavardèrent et rirent tout au long du repas, parfaitement détendus. Marine s'émerveillait de se sentir décontractée alors qu'elle venait de vivre un moment si bouleversant pour elle. Elle en était reconnaissante à Cesare : non content d'être un amant merveilleux, il était le plus attentionné des hommes.

Remarquant le regard rêveur de sa compagne, ce dernier eut une expression de tendresse indicible. La prenant par la main, il l'invita à se lever et l'entraîna vers la porte-fenêtre. Marine, stupéfaite, se retrouva sur le patio.

— Que fais-tu ? Nous ne pouvons pas sortir dans cette tenue ! s'exclama-t-elle.

Quand il lui dénoua sa ceinture, elle poussa un cri.

— Cesare ! Arrête !

Le peignoir alla atterrir sur un fauteuil ; celui du jeune homme l'y rejoignit.

— Il n'y a pas une âme qui vive à des kilomètres à la ronde.

— Mais nous ne pouvons pas nous promener comme...

— Je sais, Eve elle-même était couverte d'une feuille de vigne... et je vais t'en trouver une, la coupa-t-il avec un sourire.

En guise de vigne, il élut un figuier. Marine, bouche-bée, se vit remettre une figue mûre tandis que son compagnon cueillait des feuilles et se mettait en devoir de les tresser.

Quand il eut fini, il s'agenouilla devant elle pour lui ceindre les hanches de cette guirlande improvisée. Le rire céda vite la place à un émoi plus profond. Les doigts de Cesare sur sa peau nue attisaient en Marine les braises incandescentes du désir. Un soupir tremblant lui échappa.

Levant les yeux vers elle, le jeune homme rencontra son regard voilé. Alors, interrompant sa tâche, il lui enlaça la taille et l'attira à lui pour la couvrir de baisers.

Marine se laissa tomber à terre, submergée d'un désir ardent. Le soleil sur sa peau nue, l'herbe sous son corps agissaient comme des philtres puissants. Une passion sauvage, primitive, l'envahissait toute et elle brûlait d'y succomber totalement, sans retenue.

D'une voix qu'elle ne reconnaissait pas, elle appela Cesare, elle lui murmura son besoin de lui en des mots incohérents, fous, exaltés. Avec tendresse, avec fougue, il la fit sienne. Et Marine se laissa emporter vers un abîme de volupté, dans un crescendo de sensations qui semblait infini, et qui culmina dans le plaisir suprême, un plaisir inouï, parfait.

... Etroitement enlacés, ils s'endormirent au soleil, caressés par la brise, bercés par le chant des oiseaux.

Le téléphone les réveilla. C'était une intrusion si inattendue dans ce cadre qu'en ouvrant les yeux, ils se regardèrent un moment, perdus, perplexes. Puis avec un soupir, Cesare se leva.

Une étrange appréhension étreignit Marine.

— N'y va pas, implora-t-elle.

Le jeune homme hésita.

— Il le faut, mon amour. J'avais laissé des instructions pour qu'on ne me dérange qu'en cas d'urgence absolue... Il est peut-être arrivé quelque chose à Theresa.

Le cœur battant, Marine se mit debout à son tour.

— Je n'y avais pas pensé, murmura-t-elle d'une voix blanche.

Elle le suivit dans la maison, essayant de dominer la peur incontrôlable qui montait en elle.

Chapitre 11

— Federico ? Que se passe-t-il ? demanda Cesare d'une voix brève.

Marine, qui avait les yeux fixés sur lui, le vit se raidir cependant qu'une fureur terrifiante se peignait sur son visage.

— ... Quand est-ce arrivé ? tonna-t-il.

— Cesare, que...

D'un geste péremptoire, il lui fit signe de se taire.

— C'est nécessairement elle qui était derrière tout cela, dit-il en se passant la main dans les cheveux.

Il posa encore quelques questions qui n'apprirent rien à la jeune fille, puis conclut :

— Je pars immédiatement.

Et il raccrocha brutalement.

— Cesare, je t'en prie, qu'y a-t-il ? supplia Marine, livide d'angoisse.

— Vous...

Le regard qu'il darda sur elle était si féroce qu'elle chancela.

— Jamais je n'aurais dû croire un seul mot sortant de votre bouche !

— Je ne sais pas de quoi tu parles. Je ne t'ai jamais menti, Cesare !

— Vous êtes venue ici avec moi par amour, peut-être ? lança-t-il d'un ton sardonique. Est-ce ce que je suis censé croire ?

Atterrée, elle baissa la tête. Comment pouvait-il lui poser cette question après ce qui s'était passé entre eux ?

— C'est la vérité, souffla-t-elle.

Cesare lui releva brutalement le visage.

— Vous ne pouvez même pas me regarder en face !

Des larmes jaillirent dans les beaux yeux bleus de Marine.

— Qu'est-il arrivé pour que vous vous transformiez ainsi ?

Il s'écarta d'elle avec répugnance.

— Comme si vous ne le saviez pas !

— Mais c'est le cas ! Je ne sais rien !

— Niez-vous avoir aidé mon ex-belle-sœur à enlever ma fille ?

— Terry ? Il lui est arrivé quelque chose ?

— Vous pouvez cesser cette comédie maintenant, lança Cesare d'un air très las. Theresa est entre les mains de Brenda. Un homme se faisant passer pour Federico s'est présenté à l'école à trois heures aujourd'hui. Un de vos complices, j'imagine.

— Quelle horreur ! gémit Marine d'une voix étouffée. Cesare, vous ne croyez pas sérieusement que j'ai quelque chose à voir là-dedans ? J'aime Terry de tout mon cœur !

— Qu'est-ce que les femmes de votre espèce connaissent de l'amour ? riposta-t-il avec mépris. Vous vous servez des hommes pour parvenir à vos fins, vous les attirez dans des pièges...

— Vous étiez le premier, balbutia-t-elle, épouvantée.

— Cela prouve simplement que vous aviez mieux su manœuvrer jusqu'ici !

Marine fit taire la douleur qui lui déchirait le cœur.

— Si c'est Brenda qui a enlevé Terry, pourquoi me soupçonnez-vous, moi ? le raisonna-t-elle en s'imposant de rester calme.

— Me prenez-vous vraiment pour un idiot ? C'est vous qui avez suggéré de venir ici, je ne l'ai pas oublié. C'était la seule solution, n'est-ce pas ? Theresa était trop bien gardée, il fallait m'éloigner d'elle. Vous avez très bien fait votre travail, vous vous êtes refusée à moi jusqu'à ce que je devienne fou de désir, et que je ne sois plus en état de flairer le piège.

Chaque parole s'enfonçait comme un couteau. Il n'y avait rien de vrai dans tout cela, mais Cesare n'écouterait rien tant qu'il serait ainsi, ivre de rage et d'amertume.

— Mais je perds mon temps à parler, reprit-il d'une voix glaciale. Brenda n'a pas encore gagné. Elle n'a sûrement pas eu le temps de quitter la ville. Nous retournons à Venise immédiatement... La police bavardera longuement avec vous... Vous avez cinq minutes pour vous habiller.

Marine resta immobile quelques instants, pétrifiée, l'esprit étourdi par le choc. Puis, péniblement, elle se força à aller dans la chambre et à s'habiller.

Sur le chemin du retour, Cesare conduisit comme un fou. Marine, agrippée à son siège, regardait le paysage défiler à une allure terrifiante sans articuler un son.

Dans les premiers moments, sa confrontation avec Cesare avait relégué son anxiété au second plan ; à présent, celle-ci revenait la ronger. Où était Terry ? Dans quel état ? Brenda était-elle vraiment la coupable ? Pourtant, Cesare avait parlé d'un homme, ce qui était encore plus inquiétant. Mais comment ces criminels avaient-ils pu savoir que Cesare et elle seraient absents ce jour-là ?

En dépit de sa souffrance, Marine comprenait pourquoi Cesare la soupçonnait. Elle seule, en dehors de Federico, était au courant. Mais elle n'en avait parlé à personne...

Un sentiment proche de la nausée l'envahit. C'était faux ! Elle l'avait dit à Ron Schiller !

Des petits détails commencèrent à lui revenir en mémoire. Le curieux intérêt qu'il portait à une fillette qu'il ne connaissait même pas. Les questions apparemment anodines mais qui lui apprenaient beaucoup. Le fait qu'il surgissait « par hasard » partout où Marine allait.

Ce n'étaient pas des coïncidences. Ron l'avait suivie ! Il avait noué connaissance avec elle dans le seul but de s'emparer de Terry. En découvrant qu'elle était trop bien gardée, il avait décidé d'attendre le bon moment. Comment avait-elle pu être aussi stupide ?

De toute évidence, il travaillait pour Brenda Porter, qui elle était prudemment restée cachée. Tout se mettait en place, une fois qu'on avait la clé de l'énigme. Ron la lui avait même donnée : Terry était « l'affaire qui devait se conclure ».

Que devait-elle faire à présent ? Si elle révélait ce qu'elle savait à Cesare, il serait convaincu qu'elle était de mèche depuis le début et qu'elle dénonçait ses complices par peur des représailles. Cela ne la dissuaderait pourtant pas de parler, la sécurité de Terry passait avant tout, mais Cesare était un impulsif ; il se lancerait à la poursuite des coupables sans réfléchir, et les conséquences pourraient être dramatiques. Et elle ne pouvait pas non plus prévenir la police, car Cesare allait la discréditer auprès des autorités. Oh, quelle était donc la solution ?

Quand ils arrivèrent au palais, Marine avait élaboré un plan.

Le bateau accostait à peine que déjà, Cesare sautait à terre en lançant de l'argent au batelier. Marine retint un soupir de soulagement : c'était ce qu'elle avait espéré. Dans sa précipitation, le jeune homme l'avait oubliée.

— Emmenez-moi au Lido, demanda-t-elle très vite.

Cesare croirait qu'elle avait fui. Cette pensée lui faisait mal, mais elle ne pouvait s'y attarder. Pourvu qu'elle arrive à temps ! Si jamais ils réussissaient à emmener Terry aux Etats-Unis, Dieu sait quand Cesare la reverrait, ni surtout dans quel état.

Pauvre petite Terry, qui commençait tout juste à s'adapter à sa nouvelle vie ! Elle avait trouvé une famille, des amis, un environnement stable... Comment sa tante pouvait-elle la prendre en otage ? Ah ! les deux sœurs étaient vraiment ignobles ! Marine ne s'étonnait plus que Cesare se méfie tant des femmes... Et il serait plus amer encore, maintenant, songea-t-elle avec un serrement de cœur.

La jeune fille s'efforça de se ressaisir complètement pendant le court trajet entre le débarcadère et l'hôtel. Tout dépendait d'elle. Prenant une profonde inspiration, elle se dirigea vers la réception.

Ayant obtenu le numéro de la chambre de Ron, elle prit l'ascenseur. Dieu merci, l'Américain était logé au second étage. Ce serait utile par la suite.

Sans trembler, elle frappa à la porte.

Pendant quelques secondes qui durèrent une éternité, il n'y eut pas de réponse. Puis elle entendit Ron :

— Qui est-ce ?

— Votre partenaire, répondit-elle calmement.

La porte s'ouvrit tout grand.

— Que diable...

Diverses émotions se succédèrent rapidement sur le visage du scélérat. Finalement, il se domina.

— Marine ! Quelle surprise ! Je vous croyais à la campagne.

Il ne l'invita pas à entrer.

— J'y étais, mais je suis revenue. C'est ennuyeux, n'est-ce pas ?

— Je ne vous comprends pas, rétorqua Ron, impassible.

— Je veux parler d'une petite affaire de rapt et d'extorsion de fonds. Tenez-vous à ce que nous en discutions dans le couloir ?

Un rictus hideux déforma le visage du sinistre individu.

— Entrez ! grinça-t-il en la tirant violemment à l'intérieur.

— Avez-vous perdu l'esprit, Ron ?

La femme qui venait de parler se tenait au milieu de la pièce. Blonde, assez jolie, elle était outrageusement maquillée et vêtue de façon criarde. C'était Brenda Porter, de toute évidence.

Terry était cachée derrière un fauteuil. Dès

qu'elle vit Marine entrer, elle se précipita vers elle en faisant un crochet pour échapper à sa tante qui tentait de l'attraper au passage.

— Marine ! Ils sont venus me chercher à l'école ! Je n'aime pas cet homme. Je veux rentrer à la maison !

La jeune fille s'agenouilla pour la prendre dans ses bras.

— Tout va bien, mon poussin. Je suis là.

— Ils m'ont dit que je dois partir avec eux, mais je ne veux pas !

— En voilà assez, gronda Ron.

Marine se redressa et lui fit face, les yeux étincelants, quand il tendit le bras vers la petite fille.

— Laissez-la ! ordonna-t-elle.

— Pourquoi l'avez-vous laissée entrer ? intervint Brenda en haussant la voix pour couvrir les sanglots de Terry.

— Elle est au courant ! Que devais-je faire ? La laisser aller tout raconter à la police ?

— Pourquoi diable irais-je leur dire quoi que ce soit ? rétorqua Marine sans laisser à Brenda le temps de répondre. Plus personne ne toucherait d'argent, dans ce cas.

Ron la dévisagea avec méfiance.

— Que dites-vous ?

— Je n'ai pas été particulièrement réjouie d'apprendre que vous aviez anéanti mon plan, mais il vaut mieux partager le butin que ne rien avoir du tout.

— Doit-on comprendre que vous vouliez enlever la petite ? questionna Ron, incrédule.

Marine arqua un sourcil dédaigneux.

— Vous pensiez peut-être avoir un monopole ?

— Elle ment, Ron ! lança Brenda. Elle ne savait même pas que le comte était riche !

— J'ai été engagée pour amener Terry ici. J'ai vécu dans la maison de son père.

Les deux complices échangèrent un regard indécis.

— Comment comptiez-vous vous en tirer ? demanda Ron d'une voix lente. Brenda est la tante de la petite. Mais vous... ç'aurait été un enlèvement pur et simple.

— A vrai dire, mon projet était moins grossier, expliqua Marine avec condescendance. Je visais la bague au doigt. Et j'aurais réussi si vous n'étiez pas arrivés comme deux chiens dans un jeu de quilles.

— Vous voulez nous faire croire que Cesare vous aurait épousée ? articula Brenda.

— Vous êtes moins sotte que vous n'en avez l'air, la félicita Marine avec un sourire affable.

— Elle ment, vous dis-je ! hurla l'autre en serrant les poings.

— Votre sœur et vous n'avez pas su vous débrouiller, permettez-moi de vous le dire. Vous aviez toutes les cartes en main, mais vous avez placé l'enjeu trop haut. Heureusement pour moi, le comte m'a raconté sa triste histoire, et j'ai pu tirer la leçon de vos erreurs.

— Il vous a demandé de l'épouser ? questionna Ron.

— Nous ne discutions pas de littérature contemporaine, dans sa maison de campagne, susurra-t-elle.

— Si c'est vrai, que faites-vous ici maintenant ?

— Je vous l'ai dit, vous avez tout gâché, répéta-t-elle d'un ton excédé. Le comte n'est pas stupide. Il sait bien que moi seule ai pu vous avertir que nous quittions la ville. L'ennui, c'est qu'il me croit votre complice. Vous me devez donc un dédommagement, conclut-elle.

— Vous plaisantez ? s'écria Brenda. Pourquoi diable vous donnerions-nous une part ? Vous n'êtes qu'une misérable opportuniste ! Terry est ma nièce, ajouta-t-elle d'un ton dramatique. J'ai un droit moral sur cette enfant !

Il n'était pas étonnant que sa carrière théâtrale ait été un tel échec !

— En quoi est-ce moral de la revendre à son père ? répliqua Marine. Ou peut-être avez-vous l'intention de la ramener aux Etats-Unis et de vous faire entretenir par Cesare pendant que vous élèverez généreusement cette petite ?

— Cela ne vous regarde pas !... Tu veux revenir avec moi à la maison, n'est-ce pas ma jolie ? minauda-t-elle en se penchant vers Terry.

— Non ! déclara cette dernière avec force, en se serrant plus près encore de Marine.

— Ce qu'elle veut ne compte pas, décréta Ron.

Ni ce que vous voulez, d'ailleurs, Marine. Nous avons gagné, et vous avez perdu. Alors sortez d'ici avant que je vous jette dehors.

— Attendez ! cria Brenda. Elle irait tout droit à la police !

— C'est vrai, soupira Ron, penaud de n'y avoir plus pensé. Nous allons devoir la ligoter et l'enfermer dans le placard.

Il s'avança vers Marine d'un pas décidé. Ceci déclencha aussitôt les hurlements de Terry, épouvantée.

— Pour l'amour du ciel, ne peut-on pas la faire taire ? fulmina-t-il.

— Moi si, mais pas vous, souligna posément la jeune fille. Vous voyez bien, sans mon aide, vous ne réussirez jamais à lui faira quitter la ville sans attirer l'attention. Et je vous préviens, Venise va grouiller de policiers à la recherche de Terry. Le comte est un homme très influent.

— C'est bon ! C'est bon ! Faites-la taire, que nous puissions discuter ! s'exclama Ron en serrant et en desserrant les poings.

Marine s'agenouilla et chuchota à l'oreille de la petite fille :

— Je sais que tu as peur, mon trésor, mais nous serons hors d'ici dans très peu de temps si tu fais exactement ce que je te dis. D'abord, je veux que tu arrêtes de pleurer. C'est très important, insista-t-elle.

Les sanglots de l'enfant s'espacèrent, puis s'arrêtèrent. Silencieusement, Marine remercia le ciel. Heureusement que Terry lui faisait confiance! Se redressant, elle se tourna vers les deux malfaiteurs.

— Comprenez-vous maintenant pourquoi vous allez me verser une part?

— A quoi cela nous avancerait-il? objecta Ron. Elle recommencera à pleurer dès que vous serez partie. A moins que vous n'ayez envie de vous joindre à nous de façon permanente? acheva-t-il avec un rire sarcastique.

— Comme vous vous en êtes aperçus, Terry m'obéit. Si nous parvenons à nous mettre d'accord tous les trois, je la convaincrai d'être une bonne petite fille et de vous accompagner sagement.

La rage et la frayeur luttaient sur le visage de Ron. Il cédait à la panique.

— Combien? lança-t-il.

— Un tiers de ce que vous aurez.

— C'est hors de question! Nous avons déjà beaucoup investi dans cette affaire.

— C'est bon, faites-moi une offre.

Marine trépignait d'impatience, mais elle ne devait surtout pas le montrer. Le moment crucial approchait rapidement, et elle devenait nerveuse. Mais elle devait tenir bon, jouer la comédie jusqu'au bout.

— Dix mille dollars. C'est à prendre ou à laisser.

— D'accord, accepta-t-elle promptement.

Ron dissimula un sourire sournois. Visiblement, il croyait avoir trouvé une solution :

— Je vais devoir vous faire un chèque, je n'ai
pas tant de liquide sur moi.

La jeune fille aurait volontiers accepté pour en
terminer plus vite, mais cela n'aurait pas été
crédible.

— Vous plaisantez ! Je n'accepte que des espèces ! déclara-t-elle.

Son interlocuteur haussa les épaules.

— Que voulez-vous que je fasse ? Je ne peux
pas imprimer des billets de banque !

Elle fit semblant de réfléchir.

— C'est bon, vous avez gagné. Je me contente-
rai de ce que vous avez en espèces et en chèques
de voyage. Pendant que vous rassemblez tout, je
vais avoir une petite conversation avec Terry.

Ses instructions à l'enfant furent concises :

— Dès que j'ouvrirai la porte, tu courras le
plus vite possible à l'escalier. Ne prends surtout
pas l'ascenseur ! Descends en courant au bureau
de la réception. Dis au monsieur qui s'y trouve
qu'on a essayé de t'enlever et qu'il faut appeler la
police. Est-ce bien compris ? Ne réponds pas,
hoche la tête.

Ouvrant de grands yeux, Terry acquiesça.

— Bien, murmura Marine.

Jetant un coup d'œil en direction des deux
acolytes, elle constata avec satisfaction qu'ils
étaient plongés dans une discussion à voix basse.
Ils ne leur prêtaient aucune attention.

D'un geste souple, la jeune fille se redressa et tourna la poignée.

— Maintenant, Terry !

Elle referma et verrouilla derrière la petite. L'élément de surprise lui fit gagner quelques secondes supplémentaires. Ron et Brenda restèrent plantés sur place, médusés. Puis, le visage tordu de rage, ils se ruèrent sur elle.

— Maudite peste ! gronda Ron. Je vais vous...

— Je m'occupe d'elle, rattrapez Terry, ordonna Brenda.

Marine leur bloquait la sortie. Ron arriva le premier ; un coup de genou bien placé le fit reculer, plié de douleur, le visage cramoisi. Sa complice se jeta dans la bataille toutes griffes dehors. Marine n'était pas de taille à lutter contre cette tigresse. Elle s'efforça de tenir sa position, mais peu à peu Brenda l'en délogea.

Comme elles tombaient toutes les deux sur une coiffeuse, envoyant voler bouteilles et flacons, Marine entendit que Brenda criait :

— Rattrapez Terry, pauvre idiot ! Qu'attendez-vous ?

Puis sa tête heurta violemment le coin du meuble, et elle perdit connaissance.

C'est la voix de Cesare qui lui fit reprendre conscience. Elle semblait venir de très loin, et elle était curieusement étouffée.

— Etes-vous sûr qu'elle s'en sortira ? demandait-il.

Un homme que Marine ne reconnut pas répondit :

— Cet hématome sur sa tempe est impressionnant mais il n'est pas grave. Tenez, elle se réveille.

La jeune fille ouvrit les yeux et découvrit Cesare, penché sur elle. Un tel amour rayonnait dans ses yeux qu'elle sourit, heureuse. Puis, d'un seul coup, la mémoire lui revint et elle s'assit dans le lit.

— Terry ? questionna-t-elle anxieusement.

— Elle est en sécurité la rassura Cesare en essayant de la recoucher.

Mais Marine avait besoin d'être sûre ; elle résista à la pression de ses mains.

— Est-elle arrivée à la réception ? Ont-ils appelé la police ?

Le jeune homme hocha la tête :

— Tout s'est passé comme vous l'aviez prévu. Le directeur a appelé le commissariat, qui m'a prévenu aussitôt. Theresa est saine et sauve, à la maison.

— Comme je suis heureuse ! souffla-t-elle, infiniment soulagée. J'ai eu si peur !

Le médecin ferma sa trousse.

— Je vous laisse. Appelez-moi si vous avez besoin de quoi que ce soit.

Après son départ, le silence se fit dans la chambre d'hôtel. La première, Marine le rompit.

— Vous aviez raison, Cesare. Brenda et son

ami étaient les auteurs de l'enlèvement. Mais je n'y étais pas mêlée.

La douleur contracta le visage du jeune homme.

— Je sais, mon cœur. Pourrez-vous me pardonner un jour les choses que je vous ai dites ?

— Je comprends pourquoi vous les pensiez. En fait, je suis responsable de ce qui s'est passé.

— Non, mon amour, protesta Cesare en lui prenant la main et en l'embrassant tendrement.

— C'est moi qui ai dit à Ron que nous partions, sans réfléchir. Je me sens si sotte en songeant à la facilité avec laquelle il me soutirait des informations !

— Vous n'aviez jamais rencontré des individus comme eux. Vous ne saviez pas de quoi ils sont capables.

Sa main se resserra sur celle de Marine.

— ... Comment avez-vous pu venir ici seule ? Pourquoi ne m'avez-vous pas confié vos soupçons ?

— Vous ne m'auriez pas cru, nous aurions perdu du temps à discuter. Le plus urgent était de retrouver Terry.

— Malgré la façon dont je vous ai traitée, vous avez risqué votre vie pour elle, chuchota Cesare d'une voix altérée d'émotion.

Il avait tant de remords que Marine afficha une sérénité bien imitée :

— Bah ! Ils ne m'auraient pas tuée, affirmat-elle... Ont-ils été arrêtés ?

— Oui, ils sont en prison. L'homme a été appréhendé dans le hall, quand il est descendu à la poursuite de Terry, et Brenda...

Il s'interrompit, une expression d'intense répugnance sur le visage.

— ... Les policiers sont entrés alors qu'elle vous tenait à terre.

Marine esquissa un pâle sourire.

— C'est une chance qu'ils soient arrivés à ce moment-là ; à en juger par son regard, elle était prête à m'arracher les yeux ! Quand je pense que dans ce cas, elle aurait été la dernière image gravée dans ma mémoire !

Cesare lui sourit tendrement.

— Je retrouve ma petite Marine habituelle, murmura-t-il, heureux de l'entendre plaisanter.

C'était si merveilleux de lui revoir cette expression ! La jeune fille s'effrayait presque de son propre bonheur.

— Est-ce bien ou mal ? demanda-t-elle d'une voix à peine audible.

Son compagnon s'inclina vers elle et l'embrassa doucement.

— C'est très , très bien, répondit-il à mi-voix. Mais alors qu'une chaleur familière envahissait Marine, il se redressa.

— A présent, essayez de dormir, lui enjoignit-il. Vous avez besoin de repos.

Elle regarda autour d'elle avec une grimace de dégoût.

— Dois-je rester ici ? Ne puis-je pas rentrer à la maison ?

Elle avait posé cette question ingénument ; elle ne sut pas combien Cesare était bouleversé de l'entendre parler du palais comme de son foyer.

— Etes-vous sûre de vous sentir suffisamment bien ? s'enquit-il.

— Tout à fait, affirma-t-elle en se redressant.

Pendant tout le trajet, il l'entoura de sollicitude, insistant pour qu'elle prenne appui sur lui, la portant pour monter à bord du bateau, puis pour en descendre. Quand ils arrivèrent à la demeure, il l'accompagna jusqu'à sa chambre.

— J'aurais demandé à Anna de vous aider à vous mettre au lit, mais c'est son jour de congé, se désola-t-il.

— Je n'ai pas besoin d'aide, et je ne veux pas me coucher, riposta Marine. Ce que je veux, c'est un bon bain bien chaud.

— Je vous le fais couler, proposa aussitôt Cesare.

— Cessez de me traiter comme une invalide ! s'exclama-t-elle... Je sais que vous cherchez à me prouver votre reconnaissance, mais c'est inutile. J'aime Terry, ce que j'ai fait était pour elle, et non pour vous. Votre gratitude n'est donc pas de mise.

— C'est ce que vous pensez ? Que j'agis par gratitude ?...

Lui relevant le menton, il la contempla avec adoration.

— Ne voyez-vous pas que je suis prêt à tout pour vous ? Je n'ai jamais rencontré de femme plus pure, plus sincère, plus généreuse que vous. Comment ai-je pu douter de vous ne serait-ce qu'un seul instant ? Je...

— Vous n'avez pas à vous sentir coupable non plus, protesta-t-elle. J'ai été blessée sur le moment, c'est vrai, mais nous en avons discuté depuis, et tout est effacé.

Cesare secoua la tête en souriant.

— Si vous ne me laissez même pas vous dire que je vous aime, comment pourrai-je vous demander en mariage ?

La gorge de Marine se noua soudainement.

— Vous... vous plaisantez, n'est-ce pas ?

— C'est un sujet sur lequel je suis toujours sérieux.

Elle le contempla d'un air de doute. S'il était vraiment sincère, pourquoi ne la prenait-il pas dans ses bras ? Pourquoi ne l'embrassait-il pas ? Il ne lui offrait tout de même pas de l'épouser en guise de récompense ! Néanmoins, il ne se conduisait pas en homme amoureux...

La petite voix de la folie lui soufflait d'accepter sans hésiter, quelles que soient ses motivations. Il lui offrait le paradis sur terre ; comment refuser ? Elle hésitait pourtant.

Le sourire de Cesare s'effaça.

— Est-ce donc une idée si désagréable ?

— Non, bien sûr que non ! C'est juste... Etes-vous sûr de le vouloir, Cesare ?

Il lui encercla la taille.

— Vous m'interrogez sans relâche, mais vous, Marine ? Quel est votre sentiment ? Craignez-vous de ne jamais parvenir à m'aimer ?

Elle ne sut si il fallait rire ou pleurer.

— Cesare ! Je vous aime tant que la seule pensée de devoir renoncer à vous me déchire le cœur !

Une joie indicible brilla dans les yeux du jeune homme comme elle prononçait ces mots d'une voix étranglée. La prenant dans ses bras, il la serra de toutes ses forces.

— Mon adorée ! Mon cœur s'est arrêté de battre quand j'ai cru que vous alliez dire non !

Lui nouant les bras autour du cou, elle l'embrassa fiévreusement.

— Voici ce que je voulais, Cesare, murmura-t-elle entre deux baisers. Pourquoi ne me l'avez-vous pas demandé ainsi ?

Il relâcha légèrement son étreinte.

— J'avais peur de te faire mal, mon amour. Je brûle de désir pour toi, mais tu as subi un choc, tu as été blessée...

D'un geste décidé, Marine lui prit les deux mains et se les passa autour de la taille.

— Tu as raison, acquiesça-t-elle, les yeux brillants sous ses longs cils noirs. Ne crois-tu pas que tu devrais m'examiner, pour voir si je n'ai pas des blessures cachées ?

Une étincelle pétilla dans les yeux du jeune

homme. Sans un mot, il se pencha et prit ses
lèvres.

— Pourquoi vous embrassez-vous tout le
temps ? questionna une petite voix, les faisant
sursauter.

Terry, en chemise de nuit, apparut sur le seuil
de la chambre.

Marine et Cesare échangèrent un regard rieur.

— Parce que nous nous aimons, et que nous
allons nous marier, déclara Cesare. Marine sera
ta maman, elle vivra toujours avec nous. Qu'en
dis-tu ?

— C'est très bien ! s'exclama la petite fille,
rayonnante de joie. J'ai toujours voulu que tu sois
ma maman, Marine. Et puis comme ça, vous
aurez des bébés, n'est-ce pas ?

A en juger par le sourire qui éclaira les deux
jeunes gens, la réponse ne faisait pas de doute...

*Achevé d'imprimer en décembre 1985
sur les presses de l'Imprimerie Bussière
à Saint-Amand-Montrond (Cher)*

— N° d'imprimeur : 2625. —
— N° d'éditeur : 929. —
Dépôt légal : janvier 1986.

Imprimé en France